i

For information, contact:
Gig Productions, Inc.
mary.karlton@gigpros.com

ISBN: 979-8-218-09797-4

A catalogue record for this title is available from the Library of Congress.

Author: María Caballera (nom de plume for Mary Lauren Karlton)
Illustrations: María Caballera
Cover and layout design: Sherri Goodman

Lama LLama Ding-Dong

and Other Quirky Cuentos

María Caballera

Gig Productions, Inc.
Santa Fe, NM • Santa Cruz, CA
2022

*Dedico este libro de cuentos a mi esposo, Pedro,
un caballero honorable, fiel, amable, y generoso
y de ninguna manera perezoso.*

María Caballera

is the nom de plume of Mary Lauren Karlton

Other books by this author:

The Lizard of Ozzzz, A New American Allegory
Fictional work by Mary Lauren Karlton
(Published by Gig Productions, Inc.)

Los Sangurimas/The Sangurimas
By José de la Cuadra
Translation from Spanish to English by
Mary Lauren Karlton and Mercedes Robles
(Published by Casa de la Cultura Ecuatoriana,
Benjamín Carrion)

v

These stories are works of fiction. The events and characters are purely imaginary, and none of these fictional creations should be construed as depictions of real people (living or dead), events, organizations, or things.

Acknowledgements

First and foremost, I offer my deepest, most heartfelt appreciation to my husband, Pedro, for his discerning editorial eye and his always relevant and insightful suggestions. As an advanced-intermediate student of Spanish, he has been my loyal, willing, and trusted test subject for this book. His thoughtful questions have enabled me to tailor the stories to Spanish students who are comfortable with the basics of the language and want to expand their reading fluency.

I also thank cover designer and layout artist Sherri Goodman and photographer Pedro Caballero for their talent and ability in helping me manifest my vision. I am deeply grateful to Humberto and Mercedes Robles, who cultivated within me a love for the Spanish language and its rich literary heritage.

And, above all, I offer my gratitude to the Divine and my inner Muse for providing the inspiration and motivation to bring these stories into the world.

María Caballera

Welcome!

These stories in Spanish are intended for intermediate-level Spanish language aficionados who are tired of the usual fare of ho-hum, uninspiring reading material. Want to improve your Spanish reading skills and have a lot of fun in the process? If you've been searching for something that will bring a smile to your face and maybe even make you laugh out loud while you're enriching your vocabulary and grammar skills, then look no further. These "Quirky Cuentos" are for you!

Every story has a handy vocabulary list that defines words in the order in which they appear – no fumbling through an index or alphabetical lists. Plus, you'll get a bonus lesson with each tale. In addition to boosting your fluency, you'll learn something new and useful, like jokes that will make you the life of the party or expressions that will wow even your native Spanish-speaking friends.

I hope you find these stories delightful, inspiring, and motivating. And I hope you get as much enjoyment from reading them as I did from writing them!

¡Aprovecha!

María Caballera

Contents

Lama llama ding dong

Era al principio de la primavera cuando uno de los templos budistas más prominentes en las montañas del Tíbet le **encargó** al **monje** Jampa[*] con una misión muy importante: extender la paz y el amor a otras tierras en el mundo. Su primera destinación fué el pequeño pueblo de San Pedro en los Andes del Perú.

El monje budista **diminuto** y **humilde** se adaptaba rápidamente al clima y a los costumbres de la gente Inca. A Jampa, todo parecía muy familiar. Todo le recordaba de su tierra nativa: la **niebla** que cubría las montañas por la mañana como un **chal**, la ropa colorida y festiva que llevaba la gente, y, especialmente, el ritmo lento de la vida.

Sobre todo, a Jampa, le gustaba que todos trataban a los animales como si fueran miembros de su

---

[*] In Tibet, the name "Jampa" means "**bondad** amorosa," or "loving kindness." (The "J" in "Jampa" is pronounced like the "J" in English – not like the "J" [jota] in Spanish.)

3

familia. Todas estas cosas le recordaba de su propio país, el Tíbet.

Pero había una diferencia grande. Como San Pedro era un pueblo especialmente pintoresco y precioso, los turistas de todas partes del mundo descendían en el pueblo durante los meses más **temporados** de la primavera y el verano.

Algunos eran alpinistas. Otros eran trekkers. Y otros eran gente que simplemente buscaban una aventura interesante. Los turistas llevaban sus equipajes, sus cámaras, y sus celulares (que no funcionan en las montañas por falta de señal). **Gastaban** su dinero en los cafés y los restaurantes. Compraban las cosas artesanales hechas a mano por los habitantes de San Pedro: cubiertas, sombreros, **gorros**, suéteres, y **guantes** de lana.

A Jampa, todo esto le daba igual. Pensaba que era bueno que los turistas estaban contribuyendo al bienestar y a la economía del pueblo. Según él, los turistas no le molestaban nada. Lo más importante era su misión: poner en práctica los principios del budismo.

Para él, el budismo era más una filosofía – es decir, un modo de vivir – que una religión. Como era persona muy amable, compasionante, y generoso, siempre ayudaba a la gente de San Pedro. Cuidaba a los enfermos, visitaba a los viejos, y contaba historias a los niños.

Jampa también cuidaba a los animales. Si un perro, un gato, o un pájaro se enfermó, Jampa se haría cargo de la criatura hasta que la **restauró** a la salud.

Y aunque tenía sólo veinticinco años, el monje diminuto tenía la **sabiduría** de un **anciano**. Por su reputación y su popularidad, la gente del pueblo **solía llamarlo** "El Pequeño Dalai Lama."

Un día bastante frío, después de ayudar a un niño que tuvo fiebre alta, Jampa **estaba camino a casa** cuando se encontró con un animal **vagando** solo – sin compañero humano – como si fuera perdido. A Jampa, este animal le parecía mucho a **una llama**, un animal domesticado de gran fama en los Andes. La criatura también se parecía mucho al camello – **se llamaba** Sensei – que Jampa tenía de niño en el Tíbet. Pero era mucho más pequeña que un camello. Tenía una cara delicada y lindísima. La criatura tenía ojos grandes como platos, **pestañas** largas y **lujosas,** y una **nariz botón**.

Como la criatura estaba temblando, Jampa pensó que tenía hambre y que necesitaba descansar. **Desde ese día en adelante**, Jampa y este animal que parecía una llama tenían una amistad muy especial y muy cariñosa. Jampa decidió llamar a su nueva **mascota** "Sensei" – el mismo nombre que llevaba su camello en el Tíbet.

El monje vistió a Sensei con una **manta tejida a mano** de los colores de su propio túnica budista: **azafrán** y **marrón**. Como era costumbre en los Andes, el animal llevaba un collar con **borlas** de estos mismos colores y con campanas pequeñas. Además tenía borlas en sus orejas. Así, el monje podría fácilmente identificar a Sensei. Y cuando estaba cansado, este animal que parecía una llama solía llevar **pijamas con rayas** (que el monje había **cosido** a mano) y **acostarse** en su cama hecha de **ramas**.

En general, Sensei era muy pacífico y amable. Jampa le trataba con respeto y con mucho afecto.

Por la noche, antes de acostarles, el monje recitaba oraciones budistas para calmar a Sensei y ponerlo a dormir bien.

Pero Jampa **se daba cuenta de** que, **de vez en cuando**, este animal que parecía una llama **se pondría muy enojado**. ¿Cuándo? Cuando una mosca le molestía. O cuando pasaban grupos de turistas que charlaban en voz alta y se reían mucho y trataban de sacar una foto de Sensei.

En estos momentos, este animal que parecía una llama comenzaba a **escupir** y a gritar: "¡Wark! ¡Wark! ¡Wark! ¡Wark!" como un **cuervo** agitado. Sensei empezaba a **sacudir** la cabeza de lado a lado, y eso causaba las **campanillas** en su collar a sonar ruidosamente: "¡Ding dong! ¡Ding dong! ¡Ding dong!"

¿Por qué se enoja tanto? Hmmm. Este **comportamiento** *no me parece muy espiritual,* pensó el monje. *Es grosero y crudo. Una mascota de un monje no debe actuar así. Tengo que hacer*

algo para calmar a Sensei y enseñarle las cuatro verdades nobles del budismo.

Estos cuatros verdades del budismo son:

- La vida siempre nos hace sufrir de una manera u otra.
- La causa del sufrimiento es el egoísmo y la ignorancia.
- El sufrimiento puede terminar cuando nos damos cuenta de nuestra alma iluminada y cuando dejamos el ego atrás.
- Por medio de la meditación y por cultivar nuestra sabiduría, podemos liberarnos del sufrimiento como el Buda.

Y con el intento de transformar el sufrimiento de Sensei, Jampa decidió enseñarle a meditar. Todas las mañanas y todas las noches se juntaban para cantar "Ommmm." El animal naturalmente solía hacer el sonido "Mmmm" cuando estaba alegre y, por eso, era muy fácil imitar el "Ommmm."

A veces, quedaban en su casita y contemplaban **la llama de una vela.** Y otras veces, cantaban "Ommmm" afuera en la naturaleza. Eso le encantaba mucho a Sensei. A este animal que parecía una llama le gustaba situarse en la montaña y mirar al panorama mientras cantaba su mantra.

Un día muy especial en julio, los habitantes de San Pedro recibieron las noticias que una persona muy importante iba a visitar: el **Embajador** Chama. Él estaba muy interesado en las llamas – los animales domesticados del Perú – y como contribuían a la economía del país. En preparación para la visita del embajador, la gente del pueblo planearon un **desfile** por la plaza con sus llamas. Se vistieron con sus **trajes** locales – y vistieron a sus llamas con elegantes **mantas** de muchos colores.

El monje preguntó a Sensei si quisiera participar en el desfile, pero el animal estampó su pata y gritó: "¡Wark! ¡Wark! ¡Wark! ¡Wark!"

Sacudió la cabeza de lado a lado, y las campanillas en su collar sonaron ruidosamente: "¡Ding dong! ¡Ding dong! ¡Ding dong!"

Evidentemente, no le gusta la idea, y no sé por qué, dijo el monje a sí mismo. Se sintió un poco triste.

"Bueno, Sensei, te dejo aquí en casa. Es obvio que necesitas meditar más para calmarte," dijo Jampa a su mascota.

Sensei estuvo de acuerdo. El animal puso su cabeza en el hombro de su **amo**, y le **acarició** con el **hocico**.

El monje diminuto se puso en camino a la plaza para saludar al Embajador Chama. Jampa estaba muy emocionado de conocer a este funcionario del gobierno tan estimado, pero estaba decepcionado de que Sensei no quisiera acompañarlo.

¿Qué pasa con Sensei? Me parece muy obstinado o tal vez tímido. ¡No sé! Tengo que meditar sobre esto, pensaba el monje.

El monje llegó a la plaza y tuvo la oportunidad de dar la mano a Chama y discutir con él un poco sobre el tema de la paz mundial. Y el desfile de llamas en **homenaje** a Chama era bonito e impresionante.

A volver a casa, Jampa le dijo a Sensei, "Amigo, tú has perdido una muy buena oportunidad de conocer al Embajador Chama y **reforzar** nuestro mensaje sobre la paz mundial. Bueno, tú tienes que dedicarse **aún más** a la meditación."

Unas pocas semanas después de la visita de Chama, el monje y Sensei estuvieron en la plaza para hacer las compras en el mercado. Había muchos turistas este día porque la gente del pueblo hacían una **feria artesenal**. Ellos vendían todo tipo de cosas: suéteres muy finos, sombreros de muchos colores, **zampoñas** y ocarinas (flautas de estilo inca), y cerámicas – todo hecho a mano muy cuidadosamente y con gran atención a detalle.

Como siempre, El Pequeño Dalai Lama y Sensei se encontraron con muchos turistas, y, como siempre, los turistas hacían la misma pregunta: "¿Cómo se llama su llama?"

Y siempre, pensando que eran muy inteligentes y **divertidos**, los turistas se reían cuando hacían esta pregunta. Al monje, esto no le importaba nada. Él simplemente sonreía y no respondía a esta pregunta. Y Sensei, andando al lado de su amigo y **protegidor**, solía bajar la cabeza y fingir que no oía nada.

Pero este día era diferente. Había un turista americano muy persistente que estaba siguiendo al monje y su precioso animal que parecía una llama. El turista sacaba fotos y repitía la pregunta **pesada** muchas veces. ¡Demasiadas veces!

"Pues, Señor Lama, ¿cómo se llama su llama?" Y repitió. Y él seguía repitiendo. Y otra vez más. ¡CINCO VECES! ¡SEIS VECES! ¡DIEZ VECES!

Como era su costumbre, el monje simplemente sonrió y mantuvo la calma. Pero el turista no les dejó en paz. Otra vez, preguntó, "Pues, estimado señor, ¿cómo se llama su llama?" Una vez más, el monje sonrió y se inclinó al estilo budista, con las manos juntas como si hiciera una oración.

Pero, en este momento, Sensei empezó a **raspar** el suelo agresivamente con su pata. Entonces, el animal le **enseñó** los dientes al turista. Y enseguida empezó a escupir violentamente hacia el turista.

De repente, Sensei alzó la cabeza y gritó: "¡Wark! ¡Wark! ¡Wark! ¡Wark!" Y como era su costumbre cuando se enojaba, Sensei sacudía la cabeza de lado a lado, y eso causó las campanas en su collar a sonar ruidosamente: "¡Ding dong! ¡Ding dong! ¡Ding dong!"

Jampa estaba seguro que se podía oír este ruido por todos los pueblos en el Perú – y tal vez por todo el mundo. Era la señal de alarma para que todos se despertaran.

Finalmente, Sensei no pudo aguantarlo más. El animal dijo en voz alta y en tono claro como un ser humano: "¡Ya **me harto** de estas **tonterías**! ¡Estoy perdiendo la paciencia! ¡**De una vez por todas**, NO SOY LLAMA! ¡SOY ALPACA!"

El turista, asustado y sorprendido, corrió **apresuradamente** a juntarse con su grupo. Nunca encontró a un animal que podía hablar y afirmarse así. De veras, ¡era un milagro!

Desde este momento en adelante, Sensei se mantenía muy calmado y pacífico con toda la gente – incluso los turistas. Era un modelo perfecto de la paz y la **compostura**.

Jampa pensaba de este incidente por muchos días y llegó a apreciar la simple lección que su mascota le enseñó: *Para llevarnos bien, tenemos que aceptar a todos por lo que son y no imponer nuestras nociones de cómo **creemos** que son. Es el primero paso a la paz mundial.*

Vocabulario

encargó: commissioned

monje: monk

diminuto: diminutive, small in stature

humilde: humble

niebla: fog, mist

chal: shawl

bondad: kindness

temporados: temperate (as in "temperate weather")

gastaban: they spent

gorros: knitted caps

guantes: gloves

restauró: restored

sabiduría: wisdom, knowledge, learning

anciano: elder, old man

solía llamarlo: used to call him/name him

estaba camino a casa: was on the way home

vagando: wandering

una llama: a llama

se llamaba: his name was

pestañas: eyelashes

lujosas: luxurious

nariz botón: button nose

desde ese día en adelante: from that day forward

mascota: pet

manta tejida a mano: hand-woven blanket

azafrán: saffron

marrón: maroon

borlas: tassles

pijamas con rayas: striped pajamas

cosido: sewn

acostarse: lying down

ramas: branches

se daba cuenta de: realized (literally: was giving himself account of)

de vez en cuando: once in a while, occasionally, from time to time, now and then/again

se pondría muy enojado: would get very angry

escupir: to spit

cuervo: crow

sacudir: to shake

campanillas: bells

comportamiento: behavior

la llama de una vela: candle flame

Embajador: Ambassador

desfile: parade, procession

trajes: garb, costumes

mantas: blankets, panchos

amo: owner, master

acarició: stroked, caressed

hocico: snout

homenaje: homage

reforzar: to reinforce

aún más: even more

feria artesenal: craft fair

zampoñas: panpipes

divertidos: funny, amusing

protegidor: protector

pesada: boring, tedious

raspar: to scrape

enseñó: showed

me harto: I've had enough

tonterías: nonsense

de una vez por todas: once and for all

apresuradamente: hurriedly, quickly

compostura: composure

creemos: we believe/think

Suplemento

Llamas y alpacas

¿Cuales son las diferencias?

Como hemos visto en el cuento, mucha gente confunden las llamas y las alpacas. De hecho, es difícil diferenciarlas. Pero vale la pena aprender las diferencias entre los dos animales. ¡Ciertamente no queremos ofender a ninguno de estos animales magníficos! Si les ofendieras, usted tendría una desagradable sorpresa.

Llama

Alpaca

Semejanzas

- Se encuentran las llamas y las alpacas en Sudamérica, sobretodo en el altiplano de Los Andes, la **cordillera** que corre por el Perú, Chile, Argentina, Bolivia, Colombia, el Ecuador, y Venezuela.
- Las llamas y las alpacas son miembros de la misma familia *Camelidae* o camélidos, como los camellos, dromedarios, **vicuñas**, y **guanacos**.
- **Escupen** si están enfadadas o intimidadas.
- Son herbívoros – comen hierba, arbustos, y **heno**.
- Tienen **pelaje** suave.
- Viven en **manada**.
- Tienen temperamento tranquilo, en general.
- Tienen ojos grandes con pestañas largas y un rostro muy dulce.

Diferencias

- *Tamaño:* Las llamas son mucho más grandes que las alpacas. Típicamente, las llamas pesan 200 a 350 **libras** (90 a 158 kg.). Las alpacas son más pequeñas. Normalmente pesan 100 a 175 libras (45 a 68 kg.).

- *Otros aspectos físicos:* Las orejas de las alpacas son rectas y **puntiagudas**. Las llamas tienen orejas en forma de plátanos. También, las llamas tienen cuellos muy largos y patas grandes.
- *Personalidades:* Las alpacas son muy tímidas y congregan en grupo cuando se ven amenazadas por un depredador. Por la otra mano, las llamas son independientes y mucho más confidentes cuando están amenazadas. Frecuentemente, los rancheros tienen una llama para proteger su manada de alpacas u otros animales. La llama convive pacíficamente con las alpacas y las protege si se ve amenazada por un depredador. Cuando un depredador se acerca a la manada, la llama **se aleja de** las alpacas para distraerlo.
- *Lana:* Las alpacas tienen lana fina y suave que es excelente para hacer varias formas de ropa, como chales, **calcetines**, suéteres, guantes, gorros, y otras cosas así. La fibra de las llamas es más **gruesa** y resistente y, por eso, no se usa para hacer la ropa. La excepción es la fibra de las llamas bebés que es semejante al pelo de las alpacas.
- *Usos:* Las alpacas y las llamas son animales domesticados por miles y miles de años. Los

rancheros valoran a las alpacas por su fino **vellón**. En contraste, las llamas son animales trabajadores que guardan otro ganado y sirven como animales de carga. Típicamente, se usan las llamas por trekking en las montañas. Las alpacas son demasiado delicadas para hacer caminatas largas y llevar cargas pesadas.

Vocabulario Suplementario

cordillera: mountain range

vicuñas: vicuñas (the same in English as in Spanish)

guanacos: guanacos (the same in English as in Spanish)

escupen: they spit

heno: hay

pelaje: fur, coat

manada: herd

libras: pounds

puntiagudas: pointed

se aleja de: moves away from

calcetines: socks

gruesa: thick

vellón: fleece

Autobús número 144

Casi todos los días durante el verano, Mateo cogía el autobús número 144 que le llevaba a cualquier lugar donde una nueva aventura le esperara – o simplemente para regresar a la casa después de un día mágico. Como estaba de vacances, él no tenía ningún cuidado en el mundo. Podía hacer lo que quisiera dentro de lo razonable por un niño de ocho años, por supuesto.

Una mañana especialmente hermosa, Mateo decidió pasar unas horas en el parque principal con sus amigos. Llevando su **lonchera**, esperó el autobús número 144 **como de costumbre**. Subió el autobús y saludó al conductor con una gran sonrisa.

"¡Hola, Mateo! ¿Algún plan para hoy? ¿Otra gran aventura?" le preguntó el conductor.

"Sí, voy al parque central para jugar a fútbol con mi **liga**," dijo Mateo.

"Esto me parece muy agradable. ¿Y qué tienes para mí esta mañana, Mateo?"

"Pues, tengo un chiste y algo más."

"Dime, dime. Tú sabes cuánto me encantan los chistes – especialmente los tuyos," dijo el conductor.

Mateo se aclaró la **garganta**. "Ahem. Había una manzana esperando el autobús. Luego, llegó un plátano y le preguntó: '¿Hace mucho tiempo que espera?' ¿Y sabes lo que dijo la manzana? Dijo '¡Ay, qué bobo! ¡Claro que no soy pera! ¡Soy manzana!'"

"¡Es un chiste muy gracioso! Como sabes, este autobús es abierto a todos – plátanos, manzanas, peras, e incluso a los niños y a los adultos de todas las edades. ¡Aplausa! ¡Aplausa para Mateo!" Tan pronto como el conductor echó estas palabras, todos los pasajeros aplaudieron y gritaron "Bravo!" en voz alta.

Y con eso, Mateo sonrió y sacó una manzana roja
brillante de su lonchera y se la dio al conductor
del autobús. "Es para ti."

"Gracias, mi amigo. Tú siempre **me alegras el
día**."

Otro día en ese mismo mes de julio, Mateo estaba
cerca de la playa y esperaba el autobús número
144 para regresar a su casa. Subió el autobús y,
como siempre, saludó al conductor.

"¡Buenas tardes, Señor! Tengo algo para ti que te
gustará mucho," dijo el niño.

"¿Ah, qué maravilla tienes para mi hoy?"
respondió el conductor.

"Hoy, tengo un chiste de la playa donde pasé una
tarde extraordinaria. He visto un montón de peces,
de **cangrejos**, de **medusas**, y de **gaviotas**. Bueno,
le contaré el chiste. Aquí va. Pues, había un
hombre en la playa que hablaba con una mujer. El
hombre preguntó a la mujer, '¿No **nada nada**?' Y
la mujer **encogió los hombros** y dijo, '¡No **traje
traje**!'"

El conductor del autobús se rió mucho y dijo a los pasajeros, "¡Señores y señoras, **démosle un aplauso a** Mateo, nuestro comediante *stand-up*!"

En apreciación, casi todos en el bús aplaudieron al joven. Casi todos.

El niño **giró** hacia los pasajeros y **se inclinó** como un verdadero profesional. Pero cuando Mateo se levantó, se fijó en un chico unos años mayor que él. El chico no estaba aplaudiendo. Mateo recordó haberlo visto en la escuela y **vagando** por el parque central donde Mateo **solía jugar** fútbol con sus amigos los martes. Se llamaba Damian. Este chico siempre intimidaba a los niños más pequeños y trataba a los maestros con **falta de respeto**. En este momento, el tipo se sintió en su asiento con los brazos cruzados y tuvo una expresión de **odio en su rostro**. Damian agitó la cabeza como si estuviera completamente disgustado y aburrido. Obviamente, al chico no le gustaba mucho el chiste de la playa, ni la atención que Mateo recibió.

Mateo, el conductor, y los pasajeros del autobús número 144 pasaron el resto de la semana en paz.

De vez en cuando, Mateo contaba un chiste gracioso o una historia divertida y, como de costumbre, todos los pasajeros le aplaudían al niño.

Ese fin de semana, Carmen, la tía favorita de Mateo, le invitó al niño a pasar el sábado hasta el lunes en su **casita de campo** que **daba al** Lago Espejo, un lugar muy hermoso y tranquilo. Carmen y Mateo disfrutaron de una **merienda sabrosa**, **remaron** una canoa en el lago, jugaron al tenis, y miraron a películas cómicas de Netflix.

El lunes por la noche, Mateo hizo sus maletas preparándose para regresar a casa. Mateo estaba muy contento, de muy buen humor, contemplando cuánto **él gozó** el tiempo que pasó con Carmen.

El próximo día, Mateo se levantó temprano para ir al parque central donde planeaba jugar al fútbol con sus amigos, como todos los martes. Mientras Mateo estaba esperando en la parada de autobús, apareció Damian – este mismo **chico mayor** que Mateo había visto unos días antes, es decir el **abusón** de la escuela. Llegó el autobús, y, cuando Mateo intentó abordar, Damian le empujó deliberadamente y le dijo, "Oye, mira adónde vas, idiota. Estás en mi camino. Hoy es *mi* turno."

Mateo casi **se cayó**. Recuperando la compostura y, sin decir ni una palabra, continuó subiendo al autobús y se sentó.

Damian lo sigió. Se puso al frente del autobús y anunció en voz alta con actitud arrogante, "¡Qué tal, chófer! ¡Bueno, oigan todos! Yo tengo un chiste muy especial. Es tan *cool* que **les hará llorar**. Lo garantizo."

"Bueno, chico, te daré una oportunidad. Cuéntanos tu historia," dijo el conductor amablemente.

"Vale," dijo Damian. "Un niño se sube al autobús y dice al chófer: 'Si mi mamá fuera una elefanta, yo sería un elefantito. Si mi papá fuera un león, yo sería un leoncito.' Y entonces el chófer le dice: 'Ay. Y si tu papá fuera un **ratero** y tu mamá fuera una **puta**, ¿tú, qué serías?' El niño dice, '¡Pues, chófer del autobús!'"

Todo el mundo quedó en shock. Todos **se callaron**. Nadie dijo nada. **Ni siquiera** escapó una risa. Ni un sonido. El silencio era absoluto y total.

De repente, el autobús **se detuvo** abruptamente. El conductor abrió la puerta y dijo a Damian: "Es su parada."

"Pero no es. No es mi parada," respondió el chico.

"¡Sí! ¡Lo es! ¡Vete! **¡Vete, sinvergüenza! ¡Ahora mismo!** Pienso que tienes que coger el autobús número 666 para llegar a tu destinación," gritó el conductor.

"Bah. **¡Qué viejo malvado!**" Y con eso, Damian bajó y iba corriendo por la calle.

Y en ese mismo instante, todos los pasajeros **se reían a carcajadas**, tan fuerte que **las lágrimas rodaban por sus mejillas**. Luego, todos juntos empezaron a aplaudir al conductor.

"¡No, no! Gracias. Pero no aplaudan todavía. Creo que Mateo tiene un chiste para nosotros. Él es **la estrella del espectáculo**. Cuéntanos. Cuéntanos, niño," dijo el conductor del autobús número 144.

"Por supuesto. Pues dígame, señor. ¿Cuánto cuesta el autobús?" Mateo se acercó al conductor y le **susurró** en voz muy baja: "Usted **tiene que** responder. Es importante **para que el chiste tenga sentido**."

El conductor, por su parte, susurró al Mateo: "De acuerdo, Mateo. Bueno." Luego, en voz alta: "El autobús cuesta diez pesos."

"!Qué barato! Entonces, lo compro. Las ruedas y todo," dijo el niño triunfante.

"Mateo, **no te preocupes**. Todo esto será tuyo algún día, m'hijo. Siéntate a mi lado para que veas dónde vamos," sugirió el conductor con **ternura**.

"Sí, sí, Papá. ¡Yo quiero ser un maravilloso conductor de autobús igual como tú cuando sea grande!" exclamó Mateo, con una sonrisa de oreja a oreja.

Vocabulario

lonchera: lunch box

como de costumbre: as usual, as always

liga (= equipo): team, league

garganta: throat

me alegras el día: you brighten/make my day

cangrejos: crabs

medusas: jellyfish

gaviotas: seagulls

nada: you swim

nada: not at all, nothing

encogió los hombros: shrugged her shoulders

traje: I brought

traje: (bathing, business) suit

démosle un aplauso a: let's give it up for (literally: give an applause to)

giró: turned

se inclinó: bowed

vagando: wandering, roaming

solía jugar: usually played, used to play

falta de respeto: lack of respect, disrespect

odio en su rostro: hatred on his face, hate in his face

de vez en cuando: from time to time, occasionally, once in a while

casita de campo: cottage

daba al: overlooked

merienda sabrosa: tasty picnic

remaron: paddled

él gozó: he enjoyed

chico mayor: older kid/guy

abusón: bully

se cayó: fell down

les hará llorar: it will make you cry

ratero (= ladrón): pickpocket, robber, burglar, petty thief

puta: whore, bitch

se callaron: fell silent

ni siquiera: not even

de repente: suddenly

se detuvo: stopped

¡Vete, sinvergüenza!: Go away, you scoundrel!

¡Ahora mismo!: Right now! Right away!

¡Qué viejo malvado!: What a wicked/evil old man!

se reían a carcajadas: guffawed, laughed raucously

las lágrimas rodaban por sus mejillas: tears rolled down their cheeks

la estrella del espectáculo: the star of the show

susurró: whispered

tiene que: have to, must

para que el chiste tenga sentido: for the joke to make sense (literally: so that the joke makes sense)

no te preocupes: don't you worry

ternura: tenderness

Suplemento

Chistes, bromas, y juegos de palabra

Algunos buenos y algunos no tan buenos

Los chistes, las bromas y los juegos de palabras son maneras de divertirse con el lenguaje. Aquí tenemos varios ejemplos. Memorice estos para impresionar a sus amigos que hablan español.

#1

Mauricio: "¿Qué hace un pez?"

Marisol: "¿Qué?"

Mauricio: "Nada."

Explicación: Es un juego de palabras con la palabra "nada" (*nothing*) y el verbo "nadar" (*to swim*).

#2

Diego: "¿Qué le dijo un techo a otro techo?"

Laura: "¿Qué?"

Diego: "Te echo de menos."

Explicación: Es otro juego de palabras con la palabra "techo" (*roof*) y la expresión "te echo de menos" (*I miss you*) que suena similar a "techo."

#3 👁

Javier: "¿Qué hace una persona con *ketchup* en la oreja?"

Viri: "¿Qué?"

Javier: "Escucha salsa."

Explicación: Este chiste también es juego de palabras. En español, *ketchup* es una "salsa" (*sauce*), y "salsa" también es un estilo de música y baile muy popular en Cuba, Puerto Rico, Nueva York, y Latinoamérica.

#4 ☻

María: "¿Sabes las dos palabras que te abrirán muchas puertas en el mundo?"

Alfonso: "No. ¿Cuáles son?"

María: "Tire y empuje."

Explicación: Este chiste usa lo literal – "tire y empuje" (*pull and push*) – en una manera divertida para describir a la vez un idea más elevada y filosófica.

#5 ☻

Antonio: "¿Cuál pájaro es el más santo?"

Felipe: "No sé. ¿Cuál?"

Antonio: "Ave María."

Explicación: "Ave María" es una oración, y así, cuando Antonio menciona el nombre del pájaro santo, también dice que es parte de una oración común.

#6 🐌

Un hombre va al circo en busca de empleo.

El director le pregunta: "¿Y usted qué sabe hacer?"

El hombre dice: "Yo imito a los pájaros."

El director responde: "Bueno, creo que no nos interesa, gracias."

Y pues el hombre se fue volando.

Explicación: Parece que el hombre que solicita empleo con el circo es muy bien calificado si verdaderamente es capaz de volar como un pájaro. Sin embargo, este chiste es otro ejemplo de un juego de palabras. Aunque "se fue volando" literalmente quiere decir *"he flew away (like a bird),"* cuando se usa la expresión en el sentido figurado, significa *"he left in a hurry," "he took off,"* or *"he flew the coop."*

#7 🐌

Adán: "La nueva cocinera es un sol."

Elena: "¿Cocina bien?"

Adán: "No, lo quema todo."

Explicación: Se dice en español que una persona muy amable y positiva es "un sol." El juego de palabras es que el sol actual (in the sky) quema todo, y, como la cocinera es "un sol," ella también quema todo.

#8 ☕

Alberto: "¿Se deletreas así en inglés la palabra 'calcetines'?" (En este momento, él dio a Gabriela un papel.)

Gabriela: "Eso sí que es."

Explicación: Para el mejor efecto, lea este chiste en voz alta. "Eso sí que es" (which means "that's right") suena como "S-O-C-K-S" en inglés.

#9 ☕

Hay un tipo y una mujer en la playa.

El tipo: "Y usted, ¿no nada nada?"

La mujer: "No traje traje."

Explicación: Este chiste tiene palabras con significados multiples. "Nada" es conjugación del verbo "nadar" (*to swim*), pero también quiere decir "ninguna cosa." "Traje" es conjugación del verbo "traer" (*to bring*). "Traje" también refiere a "traje de baño" (*bathing suit*).

#10

Pablo: "¿Cuántas estrellas hay en el cielo?"

Pepito: "Cincuenta."

Explicación: ¿Es mentira? Depende de su interpretación. "Cincuenta" quiere decir "50," pero suena exactamente como "sin cuenta" (*countless*).

Café con leche y amor

[Escena: Un café **concurrido** en el centro de Barcelona. Entra Graciela, una chica mexicana de veintidos años. Es corta y delgada, con una cara muy bonita y animada. Lleva un **clavel** rojo en su pelo largo. Se sienta, esperando a su compañero.]

CAMARERO: ¿Qué quisiera usted para beber?

GRACIELA: Estoy esperando a mi compañero de clase. Estudiamos el inglés en la universidad. Voy a pedir algo para beber cuando él llegue.

CAMARERO: Como quiera, señorita. Regreso dentro de unos minutos.

[Graciela mira a su reloj. Su amigo, Geraldo, tarda diez minutos. Quince minutos. Veinte minutos. Finalmente, Geraldo entra en el café. Geraldo es **madrileño**. Es un chico alto y elegante y lleva una **chaqueta de cuero** muy fino. **Suda** un poco y está **sin aliento**.]

GERALDO: Ay, Graciela, disculpe. Me tardo mucho, y mira, ¡estoy **sudando a chorros**! **Estaba echando leches** para llegar aquí.

GRACIELA: Pues, me parece que no sudes tanto. ¿Y tú estabas echando leches? ¡Qué **desperdicio** de buena comida! Hay niños **hambrientes** en este mundo, y tú tiraste la leche preciosa por las calles. ¡No me lo digas!

GERALDO: Bueno, amiga, ¡cálmate! Yo exagero. Yo no literalmente estaba echando leches. Es una expresión que usamos en España que quiere decir "**tener prisa**." No te preocupes por los niños hambrientes. No soy culpable de ninguna manera.

GRACIELA: ¡Ufff! ¡Qué **alivio**! Me alegra oír eso.

CAMARERO: ¡Buenos días, Geraldo! ¿Qué quisieran ustedes para beber esta mañana?

GERALDO: Dos cafés con leche, por favor.

CAMARERO: A su servicio.

GRACIELA: Pues, Geraldo, ¿cómo te resultó el examen de inglés? Pensé que era bastante difícil.

[El camarero trae los dos cafés con leche para Graciela y Geraldo, y los pone en la mesa.]

GERALDO: ¡Bah! **¡Tengo mala leche!**

GRACIELA: Bueno, si **la leche está cortada**, tenemos que decirlo al camarero. Esto no es aceptable. Él debe traerte otro café con leche.

GERALDO: Oh, no, no. No es necesario. Lo que quiero decir es que **me cago en la leche**.

GRACIELA: ¿Cómo? ¡No me digas! Tú me das **asco**. ¿Por qué lo haces? Yo siempre he pensado que eras una persona educada y **cortés**. ¡No me digas esta **barbaridad**!

GERALDO: ¡Vale, Graciela, **no te enojes**! Exagero. El café con leche es perfecto, como siempre. Lo que quiero decir es que tenía mucha mala **suerte** la semana pasada. Perdí mi móvil, y mi perrito se puso enfermo. Tuve que llevarlo al veterinario, así que no tuve mucho tiempo de estudiar por el examen de inglés. Y por eso, tengo mala leche – es decir mala fortuna.

GRACIELA: Ah, sí. Supongo que es otra expresión extraña que usen los espanoles. Pero, Geraldo, todavía no puedo **asimilar** esto de cagar en la leche. Verdaderamente, es una idea repugnante.

[Graciela se levanta, a punto de salir.]

GERALDO: Vale, vale, mi amiga. Siéntate. Exagero de nuevo. Sí, es otra expresión que significa que yo era muy **decepcionado**. Muy decepcionado por la mala nota que saqué en el examen de inglés. Y todo esto porque tengo mala leche.

GRACIELA: Lo siento por tu mala nota. Lo siento por la enfermedad de tu perrito. Y lo siento por tu mala suerte. **Sin embargo**, la expresión es muy fea. Por favor de no usarla en mi presencia, Geraldo. **Te lo ruego**.

GERALDO: ¡Claro, Graciela! Estoy de acuerdo. Esta expresión no es muy bonita. Pero, dime, ¿hay expresiones con "la leche" que usan los mexicanos?

GRACIELA: En realidad, no, pero puedo contarte algunos chistes muy graciosos **acerca** de la leche.

GERALDO: Cambiemos el tono de esta conversación. **¡Siga**, siga, por favor! Eso me interesa mucho. Con un poco de humor, la vida es mejor.

GRACIELA: Bueno, empiezo con un chiste muy corto. Había un chico de seis años que se llamaba Jaime. Un día, su maestra le dijo a Jaime: "Dime siete cosas que tienen leche." Jaime pensó por un momento y respondió, "Ay, maestra, ¡pues, siete vacas, **por supuesto**!"

GERALDO: ¡Jajaja! Me gusta. Me gusta. Otro, por favor.

GRACIELA: Bueno. Hablando de la leche, aquí vamos. Un día, el hermano mayor de Jaime le pregunta, "¿Quieres tomar leche fría?" Jaime responde, "Hermano, es imposible." El hermano le dice, "¿Por qué dices esto?" Jaime responde:

"Porque las vacas son muy grandes y **no caben en** el refrigerador."

GERALDO: Oh, eres una gran comediante.

[Geraldo se ríe otra vez con aún más entusiasmo.]

GERALDO: Camarero, traiga un **postre** especial para esta señorita.

CAMARERO: Sí, Geraldo. Creo que tenemos algo que a ella le gustará muchísimo.

GRACIELA: Oh, Geraldo, me equivoqué sobre lo que dije antes. Realmente tú eres una persona amable y **gentil**.

GERALDO: Gracias. En serio, me disculpo por ofenderte o confundirte con estas expresiones locas. Espero que no haya mucha **mala leche** entre tú y yo. ¡Ufff! ¡Lo estoy haciendo otra vez! Disculpe. Disculpe. Disculpe.

[El camarero regresa, llevando **un tazón** de helado con dos **cucharas**. Lo pone en la mesa y hace **una reverencia** con un gesto dramático.]

GRACIELA: Oh, Geraldo. Helado de vainilla con **dulce de leche** – o "**cajeta**," como lo llamamos en México. ¡Es mi postre favorito! Muchas gracias.

GERALDO: Hagamos un **brindis**. ¡A la leche!

[Cada uno de ellos toma una **cucharada** de helado. Hacen clic con sus cucharas como si hagan un brindis.]

GRACIELA: Geraldo, creo que estás adicto a la leche.

GERALDO: En este caso, ¡no puedo negarlo' Porque, Graciela, **tú eres la leche**. Y esta vez, no exagero **ni siquiera un poco**.

Vocabulario

concurrido: busy, bustling

clavel: carnation

madrileño: an individual who is from or lives in Madrid

chaqueta de cuero: leather jacket

suda: he sweats

sin aliento: out of breath

sudando a chorros: sweating buckets

estaba echando leches (= estaba de prisa): I/he/she/you (formal) was/were in a hurry (literally, tossing milks)

desperdicio: waste

hambrientes: hungry (pl. adj.)

tener prisa: to be in a hurry

alivio: relief

tengo mala leche: I have bad luck

la leche está cortada: the milk is sour

me cago en la leche: I am disappointed (literally, I defecate in the milk)

asco (= disgusto): disgust

cortés: courteous

barbaridad: atrocity, madness, stupidity, something outrageous

no te enojes: don't get mad

suerte: luck

asimilar: to absorb, assimilate, take in

decepcionado: disappointed

sin embargo: nevertherless, however

te lo ruego: I beg of you

acerca: about (a certain topic)

siga: continue, follow

por supuesto: of course

no caben en: they don't fit in

postre: dessert

gentil: courteous, polite

mala leche: bad feelings, bad blood

un tazón: bowl

cucharas: spoons

una reverencia: a bow (as in, take a bow)

dulce de leche: soft caramel toffee popular in Mexico and Latin America

cajeta (= dulce de leche)

brindis: toast (as in, raise a toast)

cucharada: spoonful, tablespoon

tú eres la leche: you are the best, you rock, you're so cool

ni siquiera un poco: not even a bit

Suplemento

Expresiones con "leche"

Hay muchas expresiones coloquiales en español – específicamente en España – que usan la palabra "leche." No conocemos el origen exacto de estas expresiones, pero sabemos que la leche es la bebida blanca esencial para sostener a los bebés y, por eso, es precioso. Además, con sus raíces en la agricultura, España había tenido una fuerte conexión con la tierra y los productos agrícolas, como la leche. Con el paso de tiempo, España se ha transformado a un país moderno. Sin embargo, hoy en día, los españoles continúan a usar estas expresiones idiomáticas con "leche" en la conversación diaria. A veces, las expresiones son positivas y a veces bastante negativas e incluso vulgares.

- **"ser la leche"**: [literally: to be the milk] You really take the cake. You're something else. (Can be positive or negative.)

Ejemplo: "¡Tu eres la leche!" (You're the best! You're horrible!)

- **"tener mala leche"**: [literally: to have bad milk] Up to no good. Have bad intentions, be in a bad mood, or be mean-spirited. Ejemplo: "Tengo mala leche." (Don't mess with me.)

- **"ir echando leches"**: [literally: to go throwing milks] Be in a hurry (tener prisa). Ejemplo: "Voy echando leches." (I have to step on it. I'm in a rush.)

- **"darse una leche"**: [literally: to give oneself a milk] Hurt oneself. Bump into something and bruise oneself. Ejemplo: "Me he dado una leche en el brazo." (I bruised my arm.)

- **"ponerse/estar de mala leche"**: [literally: put oneself in bad milk/to be in bad milk] To be in a bad mood (estar de mal humor, cabrearse, enfadarse) Ejemplo: "Él llegó tarde, y me puso de mala leche." (He arrived late and put me in a bad mood.)

- **"¡Leches!"**: [literally: Milks!] Used to express surprise, admiration, or even anger. With one word combined with body language, you can summarize your reaction or attitude to a situation or incident. Ejemplo: "¡Leches!" (Wow! Holy cow!)

- **"cagar en la leche"**: [literally: to defecate in the milk] A form of crude swearing used to express disappointment, frustration, anger, or surprise in a negative sense. Ejemplo: "¡Me cago en la leche! Perdí mi billetera." (Damn it, I lost my wallet!)

Papá es un desastre

¡Su padre la estaba haciendo loca! Raquela **no podía aguantarlo más**. Ella decidió que era hora de tomar acción. Se necesitan **medidas drásticas**. Con eso, Raquela encendió su computadora. Decidió escribir un correo electrónico a su mamá, que estaba visitando a Abuela Violeta y ayudándola a recuperarse después de una **cirugía de cadera**. Era imperativo que su madre se diera cuenta de esta horrible situación. ¡Inmediatamente!

Querida Mamá,

*Papá es un desastre. Desde el día que te fuiste a visitar a Abuela Violeta, **el mundo se ha puesto patas arribas**. ¿Es posible que una niña de 12 años sufra un colapso nervioso? Un día, dos días, tres días, cuatro días ya han pasado sin tu presencia en la casa. Y cada día trae una nueva complicación que resulta en catástrofe. Mis experiencias me llevan a una sola conclusión inescapable: que los papás son* *malpreparados para funcionar en este mundo.*

*Por ejemplo, en la cocina, Papá – a pesar de todos sus títulos impresionantes y su carrera como estimado profesor de química – no puede distinguir entre el azúcar y el sal. Ayer por la noche, Papá preparó la cena. Agregó azúcar en la ensalada y mezcló sal en el **budín** de chocolate. ¡Imagína los resultados "sabrosos" de esta falta de sentido común! ¡Qué "ricos" la ensalada azucarada y el budín de chocolate bien salado! ¡Ufff! Yo tengo náuseas. ¡Además, esta mañana, Papá quemó la tostada y casi encendió un fuego en la cocina! Afortunadamente, no tuvimos que llamar a los bomberos.*

***Juro** que mi padre es **analfabeto en cuanto a** las palabras ordinarias. Aparentemente, Papá había pasado todo el tiempo en la escuela aprendiendo esas inútiles ecuaciones químicas y se había olvidado aprender a leer. De otra manera, no se*

puede explicar el desastre con **lavarropa**.
Obviamente, él no puede leer direcciones
simples en la caja de detergente: "una taza
de detergente de polvo por una carga de
lavandería." Este jueves, este **mediobobo**
decidió lavar las camisas y toallas y puso
una caja completa de jabón en la lavadora.
¡Puedes imaginar lo que pasó! **Burbujas** de
jabón por todas partes.

¡Y entonces había la tragedia de los **peces
dorados**! Ayer, por la noche, Papá se
convirtió en asesino. Las instrucciones en el
dispensador de comida de peces claramente
avisan que se distribuya el **alimento** en una
cantidad pequeña. Imagínate cómo me sentí
cuando descubrí los pequeñitos cuerpos de
mis preciosos peces, Nito y Pepito, flotando
en el acuario. Y al lado del acuario,
encontré la **prueba** – el dispensador de
comida de peces completamente **vacío**.
¡Pobrecitas criaturas!

¡Mamá, **socorro**! Este tonto que tú habías
casado va a **arruinarnos**.

*Y Mamá, ¿qué voy a hacer este sábado? Tú recuerdas, la Señora Isadora me invitó a una fiesta de baile en su estudio de danza. ¿Qué llevaré? Dudo que Papá pudiera terminar **cosiendo** el vestido precioso que tú habías comenzado antes de que Abuela Violeta **se rompió la cadera**. (¡Imagínate! ¡Papá cosiendo un vestido!)*

*Cierto que no puedo sufrir la humillación de llevar el vestido del año pasado. Esa **vípera** María Concepción va a informar a todas mis amigas que estoy llevando un vestido viejo. Ella va a **esparcir mentiras** a todo el mundo que nuestra familia **presentó una solicitud de declaración de quiebra**. ¡Qué humillación!*

*¡Yo preferiría ir desnuda como Lady Godiva! O peor, llevaré el hábito de **monja**. (Vale, pensándolo bien, eso sería imposible porque me pongo a dormir cada domingo en la iglesia.)*

*Oh, Mamá, ¿qué voy a hacer este sábado? ¡Estaré desgraciada! ¡Y Papá es **incapaz** de ayudarme!*

Raquela comenzó a **bostezar**. Ella dejó de **teclear**. Pensó: *Completaré el email a Mamá mañana por la mañana. Tengo mucho sueño. Necesito dormir.*

* * * * * * * * * * * *

Era la hora de dormir – las diez y media por la noche. Todo estaba quieto en la casa. Alejandro, el papá de Raquela, pasó por el **pasillo** medio oscuro y notó que la luz estaba **encendida** en el dormitorio de su hija y que la puerta estaba un poco abierta. Él se paró en frente de la puerta y **susurró**, "Raquela, ¿estás despierta?" No había ninguna respuesta.

Cuidadosamente – para no hacer ruido – él entró **de puntillas** y vio que su hija estaba durmiendo profundamente en su cama, **roncando** como una gatita. Y a su lado estaba su **ordenador portátil**, todavía encendido. Con curiosidad, Alejandro miró a la **pantalla** y vio un email dirigido a su esposa, la mamá de Raquela. Con mucho interés, Alejandro leyó el correo electrónico que su hija había escrito. Cuando él terminó, **apagó la luz** y salió del dormitorio, muy **pensativo**.

* * * * * * * * * * * *

La mañana siguiente, Raquela **se despertó de repente**. Ella **echó un vistazo** a su computadora que estaba a su lado sobre la cama. Se acordó de que no había completado el correo electrónico que empezó a escribir a su madre ayer.

Raquela se fijó de que su **almohada** estaba **mojada** – mojada por sus **lágrimas**.

La chica se levantó y se acercó al **espejo** para examinar cómo su sufrimiento se reveló en su cara jóven. Con disgusto ella notó que fue la misma cara con que había despertado cada mañana. Ella se dijo a si mismo: *A pesar de mi sufrimiento, ¿cómo es posible que no veo ningún señal de mi angustia? ¡Lástima! ¡Ufff! ¡Nadie va a apreciar mi sufrimiento si les presento esta cara!*

En este momento, se abrió la puerta.

"Soy yo, tu padre. ¡Despiértate! Son casi las once. Has dormido más de doce horas, mi **dormilona**. Mira, **traigo** un desayuno delicioso." anunció Alejandro.

"Entra, entra, Papá. Ya me desperté – y tengo un dolor de cabeza, un gran dolor de cabeza," dijo Raquela, muy irritable.

"¡Oh, qué lástima, mi hija! Vas a sentirte mejor después de comer algo," respondió Alejandro, llevando una **bandeja** con un plato cubierto y otras cosas. Puso la bandeja en la **mesita de noche** al lado de la cama.

Raquela se sentó en la cama y miró a la bandeja con hesitación. Al haberla examinado mejor, vio que había cosas muy extrañas – una **llave inglesa**, un pequeño **martillo**, una **lima** de metal, y otros **herramientos**. Entonces, ella quitó la cubierta del plato. Había una rosa delicada adornando el plato de *comida* – una colección de **tuercas** y **pernos**. Raquela miró a su *desayuno delicioso* con ojos grandes – grandes como platos. La chica estaba completamente **aturdida**.

"¡¡¡QUÉ HORROR!!! No lo creo. ¿Me quieres matar?" gritó Raquela con rabia.

En este momento, Alejandro, sin **prestar atención a** la reacción de su hija, exclamó, "¡Oh, disculpe! Olvidé algo. Regreso pronto." Él salió del cuarto. Y pasó por el pasillo riendo **en voz baja**.

Raquela **se quedó de piedra**, completamente inmóvil. *¡Dios mío! ¡Qué locura! ¡Papá ha perdido la chaveta!* ella pensó.

Su padre regresó dentro de unos minutos. Trajo el vestido de **raso** azul adornado con **encaje** que Mamá empezó a coser antes de su **partida inesperada**. El vestido era todo completo y perfecto en cada detalle.

"Raquela, hijita mía, el desastre que se llama Papá, el **payaso** que te adora tanto, tiene una sorpresa para tí," dijo Alejandro, mostrándole el **vestido azul de baile**.

Raquela giró la cabeza y miró a su padre. Gritó con excitación, "¡MI VESTIDO!" Raquela se sintió **aliviada**. No tenía que llevar su vestido viejo a la fiesta. Ni tenía que ir desnuda montada en un caballo blanco como Lady Godiva. Ni tampoco tenía que llevar un hábito de monja. ¡Desastre evitado!

"Esta mañana, muy temprano mientras tú estabas durmiendo como una gatita, yo trajo el vestido a Lily, la **costurera**," dijo Alejandro. "Tú la conoces – **es muy amiga de** Mamá. Lily me dijo que tomaría muy poco tiempo completar el vestido. Y aquí está, todo listo para tu fiesta de baile. Raquela, se puede decir que soy un desastre. Yo sé bien que, **de verdad**, soy un desastre en cuanto a **las tareas domésticas**. Te juro que, **de ahora en adelante**, **no pondré un pie en** la cocina. Sí, admito que soy un *nerd* y que a veces me falta el **sentido común**. Pero, te quiero mucho, con todo mi corazón, y quiero hacerte feliz. Por favor, perdóname por mi incompetencia. Espero que te guste esta sorpresa."

Raquela exhaló un profundo **respiro de alivio**. "Oh, Papá, ¡Tú eres mi superhéroe!" exclamó la chica.

Y, antes de abrazar a su papá, Raquela se aseguró de **borrar** el email a su mamá. Ella se dio cuenta de que estaba a punto de producir una catástrofe terrible por sus padres. ¡Desastre **evitado**!

Vocabulario

no podía aguantarlo más: couldn't take it anymore

medidas drásticas: drastic measures

cirugía de cadera: hip surgery

el mundo se ha puesto patas arribas: the world has gone topsy turvy/upside down (literally: the world has put itself paws up)

budín: pudding

juro: I swear

analfabeto: illiterate person

en cuanto a: with respect to, when it comes to

lavarropa: washing machine

mediobobo: dimwit, doofus

burbujas: bubbles

peces dorados: goldfish

alimento: food

prueba: proof, evidence

vacío: empty

socorro: help

arruinarnos: to ruin us

cosiendo: sewing

se rompió la cadera: she broke her hip

vípera: snake, viper

esparcir mentiras: to spread lies

presentó una solicitud de declaración de quiebra: filed for bankruptcy (literally: submitted a request for declaration of bankruptcy)

monja: nun

incapaz: incapable

bostezar: to yawn

teclear: to type

pasillo: hallway

encendida: lit

susurró: he whispered

de puntillas: on tiptoes

roncando: snoring

ordenador portátil: laptop

pantalla: screen

apagó la luz: he turned off the light

pensativo: pensive

se despertó de repente: she woke up suddenly

echó un vistazo: glanced, took a look

almohada: pillow

mojada: moist, damp

lágrimas: tears

espejo: mirror

dormilona: sleepyhead

traigo: I bring, am bringing

bandeja: tray, platter

mesita de noche: nightstand

llave inglesa: monkey wrench

martillo: hammer

lima: file

herramientos: tools

tuercas: nuts (hardware)

pernos: bolts (hardware)

aturdida: stunned

prestar atención a: to pay attention to

en voz baja: in a soft/low voice

se quedó de piedra: she was stunned/flabbergasted/taken aback (literally: she was left in stone)

¡Qué locura!: what craziness/insanity

ha perdido la chaveta: has lost his marbles

raso: silk

encaje: lace

partida inesperada: unexpected departure

payaso: clown, bozo

vestido azul de baile: blue ballgown

aliviada: relieved

costurera: seamstress

es muy amiga de: she's close friends with

de verdad: truly, really

las tareas domésticas: the household chores

de ahora en adelante: from now on

no pondré un pie en: I will not set foot in

sentido común: common sense

respiro de alivio: a sigh of relief

borrar: to erase, to delete

evitado: averted

Suplemento

Trabalenguas en Español

Las trabalenguas son frases construídas para ser muy difíciles a pronunciar. Es muy divertido tratar de pronunciarlas muy rápidamente, particularmente después de tomar unas copas de vino con sus amigos. Pero después de tomar suficiente café negro, repetir las trabalenguas es una buena manera de mejorar la pronunciación y la fluidez.

ഇൗൽ

Español: Voy a tomar un vaso de vino mientras veo a la vista por la ventana al frente a la veranda.

Inglés: I'll have a glass of wine while I look out the window at the view in front of the veranda.

ഇൗൽ

Español: Mi amigo Vicente vino conmigo a comprar un verdadero vino Venezolano.

Inglés: My friend Vincent came with me to buy a real Venezuelan wine.

℘℘℘

Español: Vine, ví, y vencí el viñedo donde ví veinte vasos de vino bueno de venta que, los viernes, vendía Ben Venavides, el vulnerable pero verdaderamente venerable y beneficiente vendedor, cuando vino a visitar Venecia.

Inglés: I came, I saw, and I conquered the vineyard where I saw twenty glasses of good wine on sale that, on Fridays, Ben Venavides, the vulnerable but truly venerable and beneficent vendor, was selling when he came to visit Venice.

℘℘℘

Español: Por la madrugada, el tonto Tito toma té y dice "Tómate!" a su tía. Entonces, su tía tonta toma jugo de tomate, y Hugo, el tío tonto de Tito, toma mate.

Inglés: At dawn, crazy Tito drinks some tea and says "Have some" to his aunt. Then his crazy aunt has some tomato juice, and Hugo, Tito's crazy uncle, has some mate.

77

໘)໒໓

Español: Cuando cuente cincuenta cuentos, si no los cuenta, no sabrá cuántos cuentos cuenta.

Inglés: When you tell fifty stories, if you don't count them, you will not know how many stories you are telling.

໘)໒໓

Español: Hipócrates encontró a un hipopótamo y a un hippy. Los dos tienen hipo. Dijo el hippy a Hipócrates, "Pues, ¿puedes quitar el hipo al hipopótamo?" "¡No soy hipócrita!" respondió Hipócrates. "Sólo puedo quitar el hipo a los *humanos* pero no a los hipopótamos."

Inglés: Hippocrates ran into a hippopotamus and a hippy. Both had hiccups. The hippy said to Hippocrates, "Can you cure the hippopotamus of the hiccups?" "I'm not a hypocrite," said Hippocrates. "I can only cure *humans* of hiccups, but not hippopotami!"

https://www.compañerosycompañeras.com

Compañeros y compañeras

Era viernes a las cinco y media por la tarde.
Marcelo y su buen amigo Oswaldo estaban en **El
Pollito Loco**, su bar favorito. Dos o tres veces por
la semana, se encontraban allá después del trabajo
para tomar algo y **jugar dardos**. Esta tarde,
Oswaldo saludó a Marcelo con una **sonrisa**
especialmente patética y débil. De hecho, no era
nada de nuevo, como Oswaldo se sentía muy
deprimido después de que su esposa lo dejó
Como un buen amigo, Marcelo siempre trataba de
animarlo.

"Eh, Oswaldo, ¿por qué tan triste?" dijo Marcelo
a su amigo. "¡Disfruta de la 'hora feliz'! Te invito
a una copa. A ver, ¿qué estás tomando?"

"Pues, jugo de naranja." Oswaldo estudió su vaso
vacío **sin alzar la mirada**.

"¡Ufff! ¡Jugo de naranja! ¿Estás preparando para
un maratón? Pues, sé que eso no es posible porque
nunca haces ejercicio. ¡Necesitas una bebida más

fuerte, hombre!" Marcelo llamó al **camarero**, "¡Tráiganos **una jarra de sangría**, pronto!"

"Marcelo, gracias por **intentar** de hacerme sentir mejor, pero la verdad es que no me siento bien. Me siento muy solo," dijo Oswaldo.

"¿Cómo solo? Tienes amigos – Santiago y yo, por ejemplo. Nunca te abandonarán. Nosotros somos los tres mosqueteros, ¿no?"

El camarero regresó con la jarra de sangría y llenó dos vasos.

"Oh sí, Marcelo. Favor de no me malinterpretes. Aprecio mucho la amistad y compañía de tú y Santiago. El hecho es que hace seis años que Marta me había dejado por ese entrenador personal, ese gigoló Ferdi, un hombre con fuertes abdominales y casi veinte años más joven que ella. ¿Cómo yo puedo competir? Soy de mediano edad, soy medio **calvo**, y me estoy poniéndome **gordito** de haber comido demasiado helado de chocolate. Ciertamente no soy muy atractivo. No tengo ninguna esperanza de conocer a otra mujer," lamentó Oswaldo, casi llorando.

"¡**Tío**, no te desesperes! Hay oportunidades de conocer a muchas mujeres," dijo Marcelo. "Mira, yo, por ejemplo, tengo una cita con una mujer casi todas las semanas, y no soy nada especial. Soy mucho más gordo que tú y aun un poco feo con esta barba negra como pirata," contestó Marcelo, sonriéndose.

"No tienes razón. Tú eres de alta estatura y muy encantador. Siempre haces reír a la gente. A mí, me faltan esas calidades. **Soy aburrido** y demasiado **callado**. No puedo encantar a nadie."

"Oswaldo, oye, claro que eres demasiado serio, pero a algunas mujeres les gustan los tipos fuertes y poco habladores," dijo Marcelo, dándole a su amigo una suave **palmadita en la espalda**.

"Poco hablador, sí. Fuerte, definitivamente no," murmuró Oswaldo.

"¡No seas patético! Tío, tengo la solución. Es fácil y no cuesta mucho."

"¿De qué hablas?" preguntó Oswaldo.

"Amigo, **citas por internet**, por supuesto. Todo el mundo lo está haciendo – gente de todas edades. Hay un servicio muy bueno que se llama 'Compañeros y compañeras.' Es especialmente para la gente de 'cierta edad' – como nosotros," explicó Marcelo.

"No sé. No sé. No me parece buena idea."

"¡Tienes que **arriesgarte** un poco en la vida!"

"No sé. No sé. Tú no tienes ni idea **de lo incómodo** que es eso."

"¡Vamos, **inténtalo**! ¡Inténtalo, hombre!" insistió Marcelo. "Mira, hace un año que soy miembro. Te juro que yo había tenido muchas citas divertidas con mujeres muy agradables y bien bonitas. Nunca he encontrado a una mujer fea o de mal humor."

"Bueno, bueno, lo pensaré seriamente, Marcelo. Casi me convenciste. Casi," dijo Oswaldo, bebiendo su tercer vaso de sangría. Empezó de sentirse un poco mejor y empezó de sentirse un poco **borracho**.

No es una idea tan mala. ¿Por qué no lo pruebo? No perderé nada, sólo mi orgullo. Y eso ya lo perdí cuando mi esposa me había dejado, pensó Oswaldo.

"**¡Qué guay!** Vamos a tu casa. Te voy a ayudar con la registración y su **perfil**," declaró Marcelo, dirigiendo a su amigo hacia la puerta del bar.

****

Solamente dos días después de publicar su perfil con "Compañeros y compañeras," Oswaldo recibió una notificación. ¡Alguien estaba interesado en él! No gastó tiempo. Inmediatamente, se conectó al servicio de citas en internet y encontró este mensaje:

Saludos,

*Soy Virgo, y busco un compañero fiel y de buen carácter. Tengo pelo **lujoso** rubio, ojos grandes, y soy de **tamaño** mediano. Me encanta caminar por la playa a cualquier*

*hora del día o de la noche. Además, aprecio
la buena comida y me gusta viajar en coche.
¿Quieres reunirse conmigo a algún café este
fin de semana?*

—Esmeralda

Oswaldo pausó por un momento y leyó el mensaje
multiples veces. Decidió llamar a Marcelo para
pedirle su consejo.

"Marcelo, soy yo – Oswaldo. ¡Me pasó algo muy
interesante!" exclamó Oswaldo, hablando por su
móvil, un poco agitado.

"¡Cálmate, cálmate! ¡No me digas! ¡Tú has
conocido a la mujer de tus sueños y te vas a
casar!" dijo Marcelo.

"No, no, nada de eso. Oye, recibí un mensaje de
una mujer del sitio 'Compañeros y compañeras',"
respondió Oswaldo. "Y necesito tu ayuda. Quiero
contestarle esta noche."

"Ay, qué bueno. ¡Son muy buenas noticias!
¡Felicitaciones! En quince minutos, estaré a tu

puerta. Y traeré pizza para llevar – y cerveza. ¡Tenemos que celebrar!"

****

Marcelo llegó a la casa de Oswaldo dentro de quince minutos llevando una bolsa con cerveza y una pizza grande con **salchicha** y queso. La pizza al **horno** olía deliciosa. Los dos amigos compartieron la pizza y bebieron una cerveza por cada uno.

Después de comer, se sentaron frente a la computadora para leer la notificación que Oswaldo recibió de "Compañeros y compañeras".

"Ah, esta mujer rubia – esta Esmeralda – me parece muy interesante," dijo Marcelo. "Pero es raro que no tiene foto. A lo mejor, ella se olvidó de publicarla. Pero, me pregunto si es poco atractiva. No quieres salir con un *dog*, como dicen los Americanos."

"¿Qué quiere decir '*dog*'? No entiendo," contestó Oswaldo.

"Bueno, literalmente quiere decir 'perro'. Ciertos Americanos crudos usan la expresión para describir a una mujer fea."

"¡No lo creo! No me gusta esta expresión de ninguna manera. Hay cosas más importantes que la apariencia física," exclamó Oswaldo, consciente de su propio aspecto físico poco interesante. *No soy exactamente **desaliñado**, pero tampoco soy muy atractivo,* pensó.

Después de dar una pausa, Oswaldo **dio golpe** con la mano sobre la mesa y se puso de pie. "¡Bueno! Decidí que voy a correr el riesgo y voy a **arreglar** una cita con esta mujer. No me importa si es fea o bella. Yo no salía con nadie por muchos años, y esto es una buena oportunidad de tomar el primer paso, al menos."

"Qué valor. **¡Choca esos cinco!** Escríbale una respuesta, entonces," dijo Marcelo, sonriendo.

Oswaldo compuso un mensaje corto que decía así:

Esmeralda,

Me encantaría mucho conocerte. Nos vemos este sábado por las diez de la mañana al Café Mirasol. Llevaré una camisa verde con diseños de palmas. Favor de confirmar.

—Oswaldo

"¿Qué piensas, Marcelo? **¿Debo pulsar en 'Enviar'?**"

"Cierto, no es soneto de Shakespeare, pero es un mensaje con intento claro. ¡Envíalo, hombre!"

Y sin **demora**, Oswaldo **hizo clic en "Enviar".**

****

Durante la semana antes de la cita con Esmeralda, Oswaldo se preparaba. Hacía cincuenta **abdominales** cada mañana y no comió ni un **bocado** de pan, pastel, o helado. Fué al barbero para un corte de pelo. Y cada noche, se ponía la camisa verde con diseño de palmas, y se miraba delante del espejo y recitaba afirmaciones.

"Yo soy un hombre guapo y encantador. Las mujeres me encuentran irresistible. Yo merezco todo lo que imagino. Yo imagino una compañera hermosa con pelo rubio. Lograré hacer una muy buena impresión a Esmeralda. Ella se enamorará de mí y querrá ser mi compañera. ¡Así sea!"

Oswaldo repetía estas palabras en voz alta cada día y cada noche. Cada vez que pronunciaba esas palabras, se sintió más y más confiado.

Finalmente, llegó el sábado de la cita con Esmeralda. Después de **afeitarse**, ducharse, y vestirse, tomó media taza de café. Como estaba un poco nervioso, no tenía apetito para el desayuno.

¡Bueno, estoy listo, mi amor, Esmeralda! pensaba Oswaldo.

Como el Café Mirasol queda solamente unas cuantas cuadras de su casa, Oswaldo decidió caminar. Caminaba lentamente y respiraba profundamente para relajarse, para prepararse.

Al entrar en el café, Oswaldo miraba por todos lados. Se fijó que, aparte del barista, había un joven trabajando en la computadora y una anciana de ochenta años con su **perro perdiguero dorado** acostado a sus pies. Miraba su reloj. Eran las diez y cinco.

Todavía no hay Esmeralda. Bueno, voy a pedir un café corto entonces y la espero hasta las diez y media, pensó Oswaldo, un poco desilusionado.

El barista preparó el café corto y Oswaldo lo tomó. Se sintió en una mesa cerca de la anciana con el perro, y él la sonrió. Bebía su café muy despacio, siempre mirando el reloj. Diez y cuarto. Diez y veinte. Diez y media. Finalmente, Oswaldo se acercó a la anciana y la preguntó, "Discúlpeme, Señora, pero ¿sabe si una rubia de mediana edad llamada Esmeralda estuvo aquí esta mañana? Tenemos una cita."

"¿Esmeralda, dice usted? ¿Una rubia de mediana edad? ¡Pues sí, está aquí! ¿Es usted Oswaldo, o qué?" dijo la señora.

"Sí, sí, soy Oswaldo. Pero, ¿cómo sabe usted mi nombre?"

"¡Esmeralda le espera!"

"¡Pero no veo ninguna mujer rubia aquí en este café! ¿Es usted la madre de Esmeralda?"

"Le digo, Esmeralda está aquí. Y sí, se puede decir que soy su 'madre'."

"¡Oh, **usted me toma el pelo**! Claro que sea posible que usted sea su madre. Pero **mis ojos no me engañan** – no veo a nadie que conforme a la descripción de Esmeralda."

"¿Cómo no? La compañera que busca tiene 'pelo lujoso rubio y ojos grandes,' ¿verdad?"

"Sí, claro."

"Y es de tamaño mediano, ¿verdad?"

"Sí, eso es lo que me indicó."

"Y a ella le encanta caminar por la playa a cualquier hora del día o de la noche, ¿verdad?"

"¡Sí, esas eran las palabaras exactas de su mensaje!"

"Y además, Esmeralda aprecia la buena comida y le gusta viajar en coche."

"¡Definitivamente!"

"Pues, hombre, abra los ojos. Está aquí la que usted busca – **delante de sus propias narices**. ¡Esmeralda!" De repente, **la perra se puso de pie** sobre **sus patas traseras** y **ladró** con vigor.

Por un momento, Oswaldo **se quedó de piedra.** No pudo ni moverse ni hablar. Esmeralda se acercó a Oswaldo y empezó a **lamerle la mano** mientras **meneó la cola.** *¡Oh Dios mío, Esmeralda verdaderamente es un "dog", como dijo Marcelo! El universo está jugando conmigo, **lo juro**.*

Oswaldo tomó unos segundos para **recobrar su compostura**, y poco a poco **bajó la guardia**. *Pues, es realmente una perrita hermosa y amistosa*, él pensó. **Se agachó** y **acarició** la cabeza de la perra. Parecía que Esmeralda se sonrió y suspiró con un placer profundo. Por un momento, **sus miradas se cruzaron** – un momento muy largo. Oswaldo sintió algo en el pecho. Su corazón estaba palpitando con una sensación muy agradable.

"Estimada Señora, es verdad que Esmeralda tiene todas las calidades que menciona en su perfil. Sin embargo, yo estoy buscando a una mujer, alguien que me acompaña en la vida. ¡No esperaba encontrarme con una perra! Dime, ¿por qué ha puesto usted un perfil de su perra en este sitio de citas por internet?" preguntó Oswaldo.

La vieja **encogió los hombros**. "Pues, querido Señor, como el sitio se llama 'Compañeros y compañeras', me parece lógico que se trata de todo tipo de compañeros o compañeras – perros, gatos, pájaros, seres humanos – cualquier criatura capaz de recibir y dar amor. No me di cuenta de que este sitio es sólo para mujeres y hombres. ¿Qué sé yo? Soy una anciana y no sé mucho acerca del internet y tales cosas. La verdad es que soy muy vieja y no puedo mantener a mi perra. Simplemente, ya no tengo la energía. Desafortunadamente, estoy muy débil y **no puedo llevar a Esmeralda a pasear**. Estoy buscando una buena persona que la aceptará como **mascota**."

La vieja tomó la mano de Oswaldo y continuó hablando: "Pues, dígame, ¿qué pasó contigo? **¿Alguien le rompió el corazón?** ¿Qué busca, en realidad?"

"Sí, mi esposa me rompió el corazón cuando **se huyó con** un hombre más joven y más guapo. **Eso me daba pena** por muchos años. En lugar de **sentir lástima por mí mismo**, decidí hacer algo. **Me costó mucho arreglar esta cita** con Esmeralda. ¿Y qué busco, yo? Busco un poquito de alegría, un poquito de buena compañía. Quiero compartir las cosas bonitas de la vida con alguien especial," respondió Oswaldo, suspirando.

"Oswaldo, ¿por qué no pase un día con Esmeralda? Esta perra tiene poderes mágicas. ¡Su corazón **se curará**! Lo garantizo. ¿Qué va a perder pasando un día glorioso con una criatura tan cariñosa y bonita?" dijo la vieja.

Oswaldo hizo una pausa por un momento y seriamente consideró lo que dijo la anciana. *Tal vez tiene razón la mujer. Cierto que me encanta esta perrita. Me encanta muchísimo. El hecho es que Esmeralda me acuerda del perro que tenía de niño,* pensó él.

"Señora, he tomado una decisión. Me llevaré a la perrita. Yo voy a cuidar a Esmeralda como si fuera un miembro de mi familia. Y además, si quiera visitarla, podemos arreglar citas en el parque o a la playa – o aun en este café," afirmó Oswaldo.

"Oh, Oswaldo, **¿cómo le puedo agradecer?** Usted será un papá perfecto para mi perrita, ¿verdad, Esmeralda?" La perra ladró con entusiasmo, sonriendo con los ojos. "Pero, espere, tengo que enviar un texto a mi **sobrina** que está visitándome. Ella traerá las cosas de Esmeralda, su **colchón**, sus juguetes, y su comida. ¿Puede usted esperar por quince o veinte minutos?"

"Claro que sí. Compartimos un pastel mientras la esperamos," sugirió Oswaldo. Llamó al camarero, y pidió dos cafés y un pastel de chocolate.

Los dos pasaron muy bien **charlando** y comiendo. Dentro de veinte minutos apareció a la puerta del café una mujer atractiva de edad mediana, de tamaño mediano, y con pelo rubio **rizado** y largo **atado** con una cinta roja. Llevó un vestido ligero de verano de color azul. Parecía muy amable y agradable, una persona sin pretensiones. Trajo una caja llena de cosas necesarias para el cuidado de Esmeralda.

Al verla, Oswaldo se puso de pie y la ofreció su ayuda.

"¡Oh, muchas gracias! Tuve que caminar tres cuadras llevando esta caja pesada. Perdóname, tengo que **recuperar el aliento**," dijo la sobrina de la vieja señora. Oswaldo se fijó que ella estaba sudando un poco. Esta mujer no estaba ni un poco **avergonzada**. Eso le encantó a Oswaldo porque a él le pareció muy natural – sin pretensiones.

"Disculpe, permítame presentarme. Me llamo Oswaldo Flores, y yo voy a ser el nuevo amo de Esmeralda."

"Encantada," dijo la mujer, con una sonrisa sincera y un firme **apretón de manos**. "Cristal Rubirosa. Soy la sobrina de mi tía Perla."

"Qué honor estar en la presencia de tres tan hermosas joyas preciosas," respondió Oswaldo, **inclinándose** como un caballero. Cristal respondió **haciendo una reverencia** y una sonrisa cálida. El corazón de Oswaldo **dio un salto** cuando sus miradas se cruzaron.

"Oigan, jóvenes, ¿por qué no llevan a la perra a dar un paseo juntos?" sugirió Tía Perla. "Esmeralda necesita de hacer un poco de ejercicio. Yo les espero aquí." En ese momento, Esmeralda meneó la cola.

"¡Buena idea, Tía!" dijo Cristal. Oswaldo tomó la **correa** de Esmeralda y la llevó a la puerta.

Mientras tanto, Cristal se inclinó para dar a su tía un besito en la mejilla, y le **susurró al oído**: "¡Creo que Oswaldo y yo **nos llevaremos muy bien**! Muy, muy bien. Parece buen hombre. ¡Y a Esmeralda también le gusta!"

Antes de salir del café, Cristal se giró, **guiñó un ojo** a su tía, y le **dio un pulgar hacia arriba**. (Oswaldo no notó nada de esto.)

Por su parte, acompañado por Cristal y Esmeralda, Oswaldo se animó. Se sintió más ligero y más alegre – tanto que empezó a **silbar** "Soñar el sueño impossible", su canción favorita del musical *Hombre de la Mancha*.

Vocabulario

El Pollito Loco: The Crazy Little Chicken

jugar dardos: play darts

sonrisa: smile, grin

deprimido: depressed

sin alzar la mirada: without looking up

camarero: bartender, waiter

una jarra de sangría: a pitcher of sangria

intentar: to try

calvo: bald, bald-headed

gordito: chubby

tío: pal, dude, bro', man, uncle

soy aburrido: I am boring, dull

callado: quiet, the quiet type

palmadita en la espalda: pat on the back

citas por internet: internet dating

arriesgarte: to risk, take a chance

de lo incómodo: how uncomfortable

inténtalo: try it, give it a shot

borracho: drunk, tipsy

¡Qué guay!: How cool!

perfil: profile

lujoso: luxurious

tamaño: size

salchicha: sausage

horno: oven

desaliñado: scruffy, slovenly, disheveled

dio golpe: struck, hit

arreglar: arrange

¡Choca esos cinco!: High five! (literally: Crash those five!)

¿Debo pulsar en 'Enviar'?: Should I click 'Send'?

demora: delay

hizo clic en "Enviar": he clicked "Send"

abdominales: sit-ups

bocado: morsel, bite

afeitarse: to shave

perro perdiguero dorado: golden retriever dog

usted me toma el pelo: you're pulling my leg, teasing me, kidding, making fun of me (literally: you take my hair)

mis ojos no me engañan: my eyes don't deceive me

delante de sus propias narices: right under your nose, (literally: in front of your own nose), before your very eyes

la perra se puso de pie: the dog stood up, got up (literally: the dog put herself on foot)

sus patas traseras: her hind legs

ladró: barked

se quedó de piedra: was shocked, remained frozen, was stunned (literally: remained of stone)

lamerle la mano: to lick his hand

meneó la cola: she wagged her tail

lo juro: I swear

recobrar su compostura: to regain his composure

bajó la guardia: he let down his guard

se agachó: he bent down, crouched down

acarició: patted, caressed, stroked

sus miradas se cruzaron: their eyes met

encogió los hombros: she shrugged her shoulders

no puedo llevar a Esmeralda a pasear: I can't take Esmeralda for a walk

mascota: pet

¿Alguien le rompió el corazón?: Did someone break your heart?

se huyó con: ran off with

eso me daba pena: that hurt me, made me sad (literally: that gave me pain)

sentir lástima por mí mismo: to feel sorry for myself

Me costó mucho arreglar esta cita: It took a lot of effort for me to arrange this date

se curará: will heal (literally: will cure itself)

¿cómo le puedo agradecer?: how can I thank you?

sobrina: niece

colchón: cushion

charlando: chatting, talking

rizado: curly

atado: tied

recuperar el aliento: catch my breath

avergonzada: embarrassed, ashamed

apretón de manos: handshake

inclinándose: bowing

haciendo una reverencia: bowing

dio un salto: jumped

correa: leash

mientras tanto: meanwhile

susurró al oído: whispered in her ear

nos llevaremos muy bien: we'll get along very well

guiñó un ojo: she winked at (literally: blinked an eye)

dio un pulgar hacia arriba: gave a thunbs up

silbar: whistle

Suplemento

¡Ups! (*Oops!*)

Falsos amigos

En Español, hay palabras que suenan como palabras en inglés, pero significan algo completamente diferente. Llamamos tales palabras "falsos amigos." ¡Cuidado! Para evitar situaciones potencialmente embarazosas, es importante hacerse amigo de estos falsos amigos.

Palabra en español ...	... y lo que significa en inglés ...	... y la palabra(s) en inglés con que se confunde a menudo ...	*... que en realidad significa esto en español.*
asistar (a)	to attend	to help	*ayudar*
billón	trillion	billion	*mil millones*
carpeta	folder	carpet	*alfombra*
constipado	have a stuffy nose	constipated	*estreñido*

decepción	disappoint-ment	deception	*engaño*
embarazada	pregnant	embarrassed, embarrassing	*avergonzado, embarazoso*
éxito	success	exit	*salida*
grosería	swear word, rudeness	grocery store	*mercado*
largo	long	big	*grande*
librería	bookstore	library	*biblioteca*
pretender	to intend, to try	to pretend	*fingir*
sensible	sensitive	sensible	*razonable, sensato*
soportar	to put up with	to support	*apoyar*
suceso	event	to succeed	*tener éxito*

Cincuenta es el nuevo veinte

Esperanza tomó una pausa, cerró los ojos, y **pidió un deseo** antes de **soplar la vela** de su **pastelito**. Sus amigas – Martina y Paula – aplaudieron. Hoy Esperanza estaba celebrando su cumpleaños cincuenta, pero sin mucho vigor o alegría.

Cincuenta años. Cincuenta años. ¡Un medio siglo! Lo que ella temía más era **envejecer** – ponerse una bruja con pelo gris, cara **arrugada**, cuerpo flácido, y una perspectiva amarga de la vida. Lo que Esperanza quería más que nada era descubrir alguna manera de mantener su juventud, especialmente **en cuanto a** su apariencia física y su actitud. Y eso era su deseo cuando sopló la vela. ¿Pero cómo cumplir ese **anhelo**, o mejor dicho, esa obsesión?

"Chica, ¿qué pasa? ¡Pareces como si hayas visto a una fantasma! Es tu cumpleaños, y estamos aquí en tu **restaurán** favorito, con vasos de vino tinto, pasteles, y una vista divina del mar," le preguntó Martina, una mujer de cincuenta y ocho años con una figura perfecta, con piel liso, con un **peinado** perfecto, siempre bien vestida para cualquier ocasión – **sin ningún detalle fuera de lugar**.

"Oh, Martina, no me mires así. Todo está perfecto. Maravilloso. Magnífico. Estupendo. **Salvo** una cosa. Estoy en el camino al envejecimiento. Cincuenta años. ¡No puedo aceptarlo y no quiero aceptarlo!" **lloriqueó** Esperanza. "Y tú, cómo puedes mantenerte así, tan joven, tan, tan, tan ¡PERFECTA! Y tú también, Paula. Ambas parecen **modelos de moda**. ¿Pero yo? No soy tan fea tal vez, pero tengo los brazos **fofos**, **arrugas** en el frente, y mi cabello se encuentra en un estado lamentable."

"Bueno, tía, no seas tan pesimista. La edad es nada más que un número. Pues, todos los blogs de belleza y moda dicen que 'cincuenta es el nuevo veinte.' Es la óptima edad para probar algo diferente y nuevo. ¡Es hora de reinventarte!" anunció Paula. "No digas más. Es el momento perfecto para darte tu regalo de cumpleaños."

Ella presentó un gran **sobre** de color rosa decorado con escenas de Paris. Con **ojos grandes**

como platos, Esperanza recibió el regalo y delicadamente abrió el sobre. Sacó una tarjeta blanca y la leyó. Un certificado de regalo para un salón exclusivo de belleza – ¡El Salón Picasso!

"¡Oh chicas, es una fantasía! ¡El Salón Picasso! ¡Oo-la-la! Mil gracias. ¡No pueden imaginar cómo este regalo me alegra!" Esperanza exclamó, con unas **lágrimas derramando** por sus mejillas. Ella se elevó y abrazó a Paula y a Martina. "¡Sois amigas estupendas!"

"Pensamos que vas a aprovechar mucho tu experiencia en el salón. ¡Y digo que es una experiencia! Paula y yo somos *devotas*. Los **peluqueros** y los **maquilladores** son verdaderamente artistas," dijo Martina.

"¡De veras! Y cuando yo salgo del salón después de un tratamiento, me siento una princesa," **subrayó** Paula. "Verdaderamente, me siento regal. Y el salón ofrece servicios de todo tipo – masajes, tratamientos faciales, y **aun tatuajes**."

"¡Tatuajes! Oh, **no me atrevería** a hacerme un tatuaje. No soy una **rockera** – yo soy demasiada vieja para un tatuaje," dijo Esperanza.

"¿Por qué no?" preguntó Paula. "Yo tengo un tatuaje en mi **muslo**, Espe. Mira." Y con eso, ella levantó su **falda** para mostrar su tatuaje. Era un **pavo real** pequeño y exquisito.

"¡**Guay**! Verdaderamente es precioso y elegante – y tan bello rendido," comentó Esperanza. "Pero, a mí, un tatuaje no me quedaría bien. Paula, tu tienes las piernas de una bailarina. Las mías son como una campesina."

"¡Pffft! Esperanza, no seas tan conservadora. Haz algo **audaz**. ¡Es tu cumpleaños!" añadió Martina.

"Oh, no sé, no sé. **De todos modos**, **os agradezco** por la inspiración y el soporte. Voy a llamar al salón esta tarde para hacer una cita. Estoy tan emocionada, chicas. ¡Tomemos otra copa de este vino espléndido para celebrar mi transformación!"

* * * * * * * * * * *

Esa misma noche – la noche de su cumpleaños – Esperanza **durmió como un lirón**. Y tuvo un gran sueño en *Technicolor*, como una fantasía de Disney. Ella soñó que era una hermosa **sirena**. Esperanza **estaba tomando el sol** en una roca y peinando su largo cabello azul. Las criaturas del mar – peces de varios colores, unas tortugas, un delfín, y un octópodo – se reunieron alrededor de ella y empezaron a cantar una sereneda romántica. La sirena se sintió totalmente en harmonía con su mundo que parecía lejos de los problemas cotidianas de la vida.

De repente, sintió algo saltar en la cama. ¡Una **ballena**! Esperanza abrió los ojos y vió que no era ballena. Era su perro Carmelo, que despertó a su **ama** porque tuvo hambre. Esperanza se levantó y dijo al perro, "Ay, **mocoso**, me despertaste de un sueño magnífico. Bueno, vamos a desayunar."

Con un poco de esfuerzo, pero todavía **gozando** las imágenes que recordó de su sueño, Esperanza comenzó el día. Consultó el calendario en su móvil y se acordó de que tuvo una cita al Salón

Picasso a las diez. Después de **dar de comer** al perro, ella tomó dos tazas de café con leche y comió un **cruasán** con mermelada. Se duchó y no podía decidir qué ponerse. ¿El vestido rojo con **lunares blancos**? No, no. Ese vestido sería demasiado formal. Debe vestirse en una moda más "*hip*." Bueno. ¡Decidido! Algo azul, por supuesto, como el mar. *Jeans* **rasgados** y su blusa azul marino con **estrellas del mar** naranjas. Y sus **sandalias doradas de tacón alto**. Perfección.

Satisfecha con su selección, Esperanza salió la casa, lista para su aventura.

* * * * * * * * * * * *

Cuando ella llegó al salón, un valet ofreció a aparcar su coche. Ella le dió una **propina** generosa y entró en el salón. El *lobby* era amplio. En las paredes **colgaban** pinturas de Picasso, de su periodo más experimental y abstracto, el Cubismo. El lugar tanto le impresionó a Esperanza, dejándola **sin aliento**. El salón parecía un elegante museo de arte moderna. Casi todas las pinturas representaban damas interesantes y muy artísticas – como las amantes de Picasso: la fotógrafa Dora Maar y la pintora y escritora Françoise Gilot. En una pared había una inmensa **pantalla digital** que mostraba una película vieja de los años sesenta. La película era una demonstración de Picasso pintando en vivo. Esperanza estaba fascinada. ¡Qué genio!

Dentro de diez minutos, un jóven apareció en el lobby. Se introdujo a Esperanza con una **reverencia**: "A su servicio, Mademoiselle. Me llamo Manolito, su **escolta**."

¡Olé, Guapo! pensó Esperanza, pero **no atrevió** a decir las palabras en voz alta. Como era un poco tímida, **ella se puso roja como un tomate**.

El escolta estaba vestido de torero. Llevó una ultra-moderna versión de un **traje de luces** tradicional – con una chaqueta corta decorada con **lentejuelas** doradas y pantalones muy **ceñidos** desde la cintura hasta debajo de la rodilla. Y sobre la cabeza llevaba el distinto sombrero negro de los toreros, redondo con dos piezas **salientes** en los laterales, como orejas grandes.

Pero, **a pesar del aspecto** resplendente del torero, Esperanza no podía **ahogar** una risa. ¡El sombrero torero siempre le recordaban a los sombreros que llevaban los niños del Club Mickey Mouse!

El escolta le dirigió a Esperanza por un pasillo grande y bien iluminado. Había muchos cuartos con puertas de **vidrio ornamentado**, cada una con su proprio diseño distinto al estilo Cubista. Manolito señaló a una puerta a la izquierda y la abrió por ella. Esperanza entró una habitación con techo alto y gran ventana que **daba a** un jardín.

"Siéntele cómoda, Mademoiselle. ¿Puedo ofrecerle algo a beber? ¿Un vasito de champán o un espresso?"

"¿Champán? ¡Oh, sí por favor!" respondió Esperanza.

"Bueno, lo traigo. En unos minutos, vendrá su consultadora, Dora Marzo. Mientras tanto, disfrute de las revistas. Regresaré pronto con sus refrescos."

Manolito salió, y Esperanza pasaba unos minutos **hojeando** por revistas de moda: *Elle*, *Vogue*, y *Pronto*. Le interesó mucho un artículo con el título: "Cambio de imagen. Cambio de vida. Navigando los años cincuenta con estilo." Lo leyó con mucho interés. Este párafo especialmente la intrigó:

> *Al pasado, las mujeres de 'cierta edad' eran miembros de la sociedad casi invisibles. Pero, en esta época, las mujeres de los años cincuenta, sesenta, setenta, y aun ochenta pueden **tomar ventaja de** cierta libertad. Ya no tienen las responsibilidades de cuidar a los niños o de trabajar duro por establecerse en su carrera. Son **maduras**. Son **sagaces**. Son interesantes. Son audaces. Son creativas. Y no tienen miedo de reinventarse en esta etapa de su vida. Pueden ser lo que han soñado ser.*

La llegada de Manolito le rompió su concentración. El joven guapo llevaba una **bandeja** cargada con una **jarra** de champán, **rebanadas** de baguette, y caviar que él puso sobre

la mesita enfrente de Esperanza. Ella casi **chilló**
de placer cuando vió la hermosa presentación.

Esperanza **saboreó** el champán. *Mmmm. ¡La*
espuma *del champán* ***me hacían cosquillas*** *en la*
nariz! ella pensó.

Dentro de unos minutos, apareció a la entrada de
la sala una mujer de treinta años, más o menos.
Como ella estaba hablando con alguien que estaba
en el pasillo, Esperanza solo pudo ver el perfil de
la mujer. Esta mujer era una verdadera belleza
española, alta y **esbelta**, con una **tez de olivo**,
labios llenos y pelo negro brillante y largo. Su
maquillaje era perfecto. Ella era impecable.

De repente, la mujer terminó su conversación con
su colega en el pasillo y se acercó a Esperanza.
¡Qué choque!

Esperanza casi **escupió** su champán. El lado
derecho de la cara de la mujer parecía muy bella,
como la cara de un modelo. El lado izquierdo era
muy diferente. Parecía a un **retrato** de Picasso –
el retrato de Dora Maar en estilo Cubista. ¡Ella se
había maquillado para parecerse a una pintura

abstracta! El efecto fue **a la vez** sorprenderte y maravilloso. Esperanza estaba fascinada. ¡Que inspiración!

La joven se acercó a Esperanza y le extendió la mano: "Bienvenidos al Salón Picasso, Señorita. Me llamo Dora Marzo. Yo soy su consultora de imagen personal y voy a guiarle en su viaje de transformación. Mi misión es hacer su sueño realidad. Comencemos."

Esperanza **sacudió** la mano de Dora y le contaba el sueño de la sirena que tuvo anoche con todo detalle. Mientras tanto, Dora la escuchaba atentamente y escribió en un **cuaderno** rojo.

Después de que Esperanza terminó de describir el sueño, Dora dijo, "Genial. Tengo un plan para su transformación. Mira." Dora le mostró una página del cuaderno. Esperanza **jadeó de admiración**. Dora había **bosquejado** una hermosísima representación de una sirena con pelo azul, precisamente como la que apareció en el sueño de Esperanza. En los márgenes había pequeños dibujos de animales acuáticos.

"¿Le gusta?" preguntó Dora. "Estoy imaginando un nuevo color de pelo, nuevo maquillaje, y tal vez algunos tatuajes. Todo nuevo – **de arriba a abajo**. ¿Qué piensa?"

"Es… es… maravilloso. ¡Increíble de veras! ¡Estoy lista!"

"Vamos, entonces," dijo Dora, guiando a Esperanza hacia el "Estudio de la Belleza."

* * * * * * * * * * * *

Dos. Tres. Cuatro. Cinco horas pasaban. Durante el proceso de su transformación, a Esperanza le parecía que estaba experimentando una iniciación a una nueva fase de su vida, la segunda mitad de su propia novela. Claro que ella había bebido unos cuantos vasitos de champán y probó algunos licores maravillosos que Manolito le había servido cada media hora. Claro que ella estaba un poquito **borracha**. A pesar de eso, ella creía que estaba teniendo un renacimiento – una experiencia verdaderamente religiosa – en el Salón Picasso.

"¡Madame Esperanza, nuestro trabajo está hecho! ¿Está usted lista para ver los resultados? Con permiso," dijo el estilista principal, extendiendo la mano a Esperanza.

Esperanza se permitió ser guiada a un espejo. Al ver su reflejo, no tenía palabras. ¡Éxtasis! ¡Perfección! Esperanza fué transformada en una obra de arte. Su cabello **cayó en cascada** alrededor de sus hombros en **rizos** perfectos y de color del mar: aguamarina con reflejos dorados y verdes. Su maquillaje era impecable, su tez sin defecto ninguno. Sus labios estaban pintados de una rosa brillante y llevaba **sombra azul para ojos**. Todo sútil pero radiante. Parecía cincuenta años más joven – bueno, quizás diez o cinco. De todos modos, el efecto había superado sus expectativas.

¡Y los tatuajes! ¡Tenía tatuajes increíbles! Criaturas oceánicas en todas partes – un pez envolvió su pierna izquierda, un **pulpo** en su brazo superior, y una estrella de mar sobre su **tobillo** derecho.

"¡Imagínalo! Llevo tatuajes," lloró Esperanza. "Mi sueño de la noche anterior se ha hecho realidad. ¡Yo, Esperanza Santiago de Castillo, soy una sirena! ¡Una verdadera sirena!"

"¿Satisfecha, Madame?" preguntó el estilista.

"Totalmente satisfecha y **mucho más allá**," exclamó Esperanza. "¡Estoy muy impresionada por la maestría de los artistas del Salón Picasso! Ustedes han cambiado mi vida."

* * * * * * * * * * * *

Cuando llegó a casa, Esperanza no podía dejar de mirarse en el espejo. Estaba en plena felicidad. Después de una o dos horas así, probando diversos vestidos y accesorios para complementar su nuevo *look*, Esperanza de repente se dio cuenta de que había muchas cosas que hacer. Gilberto, su marido, regresaría de un viaje de negocios en San

Francisco en dos días, y su hija Emilia volvería a casa para tomar un descanso de sus estudios jurídicos. Esperanza tenía que limpiar la casa, hacer una torta de chocolate, y **ir de compras** para que pudiera preparar su famosa paella.

Y así Esperanza se ocupaba por dos días, arreglando todo para la celebración del regreso de su familia – y para lucir su transformación. No prestó mucha atención a su apariencia porque estaba muy ocupada. Por supuesto, tuvo que lavarse la cara y quitarse el maquillaje, pero ella estaba segura que pudiera replicar cómo se veía cuando dejó el Salón Picasso. No tenía ninguna duda.

* * * * * * * * * * * *

El día del vuelto de Gilberto y Emilia llegó. La comida estaba toda preparada: la paella con mariscos y pollo, la ensalada de verduras y tomates, la torta de chocolate, e incluso una botella de champán muy fina y cara. Después de pasar la mañana añadiendo los **toques finales** a la comida, Esperanza pasó al menos cuatro o cinco horas arreglándose, peinando el cabello, aplicando cuidadosamente su maquillaje, y eligiendo el vestido y los accesorios perfectos.

Esperanza se miró en el espejo. En su opinión, se veía exactamente igual después de salir del Salón Picasso – como una sirena. Exactamente. Ella estaba tan contenta que **sopló un beso** a su propia imagen en el espejo.

"¡Buenísimo! ¡Estoy lista!"

Esperanza pasó una media hora relajándose en la terraza y bebiendo un tinto. De repente, sonó el **timbre** y ella **se puso de pie**. Tratando de no parecer muy emocionada, caminó casualmente a la puerta. Abrió la puerta. ¡Era Emilia!

"Oh, ¡mi hija! ¡Estoy tan feliz de verte! **Te he echado tanto de menos**. ¡Cuéntamelo todo! ¿Cómo van los estudios? ¿Cómo fué el viaje? ¿Están **comprometidos** tú y Jorge? ¡Bufff! ¡Preguntas, preguntas! ¡Demasiadas preguntas! Debes estar exhausta, y seguro que tengas hambre," exclamó Esperanza, casi llorando de alegría. "¡Dios mío, las lágrimas van a arruinar mi maquillaje!"

Esperanza tiró sus brazos alrededor de su hija y le dio un largo abrazo.

"¡Pues, Mamá, estás sofocándome! Todo es bueno – muy bueno. Sí, mis cursos van bien. Jorge y yo estámos discutiendo la posibilidad de casarnos. Y el viaje fué largo, pero aquí estoy – ¡puntual!" respondió Emilia, una joven de veinte años muy segura de sí misma. Relucía de una belleza natural. Emilia se vistió de una manera sencilla y ordenada – como siempre. Llevaba *jeans*, una blusa blanca de cotón, una chaqueta de **gamuza** Italiana, y **botines** de cuero cordobán. Sus únicos adornos eran un poco de lápiz labial y pequeños **aretes** de oro.

Emilia tomó unos pasos atrás y contempló la apariencia de su madre. Por unos segundos (que parecían una eternidad a Esperanza), su hija no dijo palabra. Y entonces, la chica **se echó a reír**. Se reía y reía y reía. Se reía tanto que empezó a llorar.

"¡HAHAHA! ¡HAHAHA! ¡HAHAHA!"

En ese momento, sonó el timbre otra vez. ¡Era Gilberto! ¡Gracias a Dios!

Esperanza se dirigió rápidamente a la puerta y la abrió.

"¡Hola chicas, soy yo!" anunció su esposo, muy animado.

Esperanza se quedó paralizada por unos momentos. Entonces, **balbuceó**, "¿Gil, Gil, Gilberto? ¡Qué, qué, qué B-B-B-B-BARBARIDAD! ¿Qué te ha pasado?" Esperanza comenzó a sentirse **mareada**, como si estuviera a punto de **desmayarse**.

"¡Ufff! Mira, chicas. Es mi nuevo *look*," respondió Gilberto, y posó como un modelo masculino. "*Cool*, ¿verdad? *It's rad!*"

Emilia se reía **aún más fuerte**. "¡HAHAHA! HAHAHA! HAHAHA!"

Casi no podía respirar.

Y Esperanza se quedó paralizada con la boca abierta. Apenas reconoció a su marido Gilberto, el hombre de negocios muy serio, siempre impecablemente vestido con **un traje de diseñador** y **corbata de seda**.

¡Él se había transformado en un *hipster* de San Francisco! Tenía tatuajes a lo largo de su brazo izquierdo (solo el brazo izquierdo): imágenes de una taza de café, una mandala, una figura de Buddha meditando, el oso que aparece en la bandera de California, y varias palabras en inglés que Esperanza no pudo descifrar. Gilberto llevaba una camiseta con la imagen de un gato negro con **anteojos**. Sobre la camiseta, llevaba **un chaleco a cuadros**. Llevaba *jeans* rasgados muy **apretados**. Llevaba **una barba de chivo**. Y en la cabeza, llevaba un sombrero fedora de **fieltra**. Era totalmente un *hipster* – de arriba a abajo.

"*Okay, Okay!* Sé que **no se trata solamente de mí**. Esperanza, ¿qué pasó contigo? ¿Por qué es tu pelo de color aguamarino? Y tú también tienes tatuajes en los brazos y las piernas. ¡Ah, sí, aquí veo una gran ARAÑA! Y aquí algo, algo

espantoso – como un monstruo del mar. Oh, y tenemos aquí una estrella de **brujería**. Extraño. Pues, dime, mi amor – sinceramente – ¿te has unido a una de esas sectas raras que ponen **hechizos** en la gente? ¡Dígame! No te juzgo, mi amor. ¡No te juzgo!" dijo Gilberto, mirando a su esposa con curiosidad.

"¡NO! ¡NO! ¡NO!" Esperanza explotó en **ira** y lágrimas. "¡NO! Yo soy una sirena. ¡Mi tatuaje no es araña! Es pulpo. Y tengo aquí un pez y aquí una estrella de mar – no estrella de bruja. ¡NO SOY BRUJA! ¡SOY UNA OBRA DE ARTE! Mi propia familia no me entiende. No comprenden que mi *look* es una expresión de mi ser más íntimo y profundo. ¡WAAAAAH! Y tú, *hipster*, ¿qué tienes para decir? ¡Pareces ridículo – un hombre de cincuenta años actuando como un joven de veinte años!"

Mientras tanto, Emilia se tiró en el sofá, **agarrando** una **almohada** decorativa y riendo incontrolablemente.

"¡HAHAHA! ¡HAHAHA! ¡HAHAHA! ¡OH, DIOS MÍO! ¡HAHAHA! ¡MIS PADRES **SE**

HAN VUELVAN LOCOS DE REMATE!
¡LOCOS, DIGO! Los jóvenes de veinte años no se visten en disfraces de *Halloween*, lo juro. ¡HAHAHA! ¡HAHAHA! Parecen payasos de Cirque du Soleil."

Esperanza y Gilberto se quedaron **callados**. La pareja estaban escuchando atentivamente a su hija.

Uno. Dos. Tres. Cuatro. Cinco minutos pasaron. Se miraron el uno al otro. No podían seguir más con esta farsa ridícula, este teatro del absurdo. Y de repente, Esperanza y Gilberto **se echaron a reír a carcajadas** también. No pudieron controlarse. Completamente **agotados**, con lágrimas **rodando por** sus caras, la familia finalmente se pararon y todos ellos se abrazaron.

"¿Qué tal un brindis?" sugirió Esperanza, agarrando la botella de champán y tres copas.

"Buena idea, mi amor. ¡Brindemos por cincuenta es el nuevo veinte!" respondió Gilberto, alzando su copa.

"¡Y brindemos a mis padres brillantes y creativos! Pero os pido un favor. Que nunca salgaís en público vestidos así cuando estoy con vosotros," dijo Emilia.

"¡Pues, claro, claro, hijita!" prometió Gilberto.

"Entonces, voy a la cocina para chequear la paella que Mamá ha preparado," dijo Emilia, saliendo **la sala de estar**.

Gilberto se acercó a su esposa. La abrazó y le **susurró**, *"¿Hey, baby, how about we go on a date tomorrow night?* Me encantan las sirenas."

Esperanza le besó con pasión: "Por supuesto, mi amor, pero sin la niña. Y solamente si nos vestimos así. A mí me encantan los *hipsters*."

Gilberto **guiñó el ojo** a su co-conspiradora. **"Naturalmente. ¡Hecho!"**

Vocabulario

pidió un deseo: made a wish

soplar la vela: blowing out the candle

pastelito: cupcake

envejecer: to grow old

arrugada: wrinkled

en cuanto a: as to, as far as, regarding

anhelo: longing, desire

restaurán: restaurant

peinado: hairstyle, hairdo

sin ningún detalle fuera de lugar: without anything out of place

salvo: except, save for

lloriqueó: whimpered, whined

modelos de moda: fashion models

fofos: flabby

arrugas: wrinkles, lines

sobre: envelope

ojos grandes como platos: eyes as big as saucers, amazed, surprised

lágrimas derramando: shedding tears

peluqueros: hairdressers

maquilladores: make-up artists

subrayó: emphasized, underscored

aun tatuajes: even/including tattoos

no me atrevería: I wouldn't dare, I wouldn't venture

rockera: rocker

muslo: thigh, leg

falda: skirt

pavo real: peacock

¡Guay!: cool, nice

audaz: bold, audacious, daring

de todos modos: in any case, anyway, anyhow, regardless

os agradezco: I thank you

durmió como un lirón: I slept like a dormouse, ...a log, ...a baby

sirena: mermaid

estaba tomando el sol: sunbathing

de repente: suddenly, all of a sudden

ballena: whale

ama: mistress

mocoso: brat, rascal, kid

gozando: enjoying

dar de comer: feeding

cruasán: croissant

lunares blancos: polka dots

rasgados: ripped, torn

estrellas del mar: starfish

sandalias doradas de tacón alto: high-heeled gold sandals

propina: tip

colgaban: hung

sin aliento: breathless

pantalla digital: digital display, digital screen

reverencia: bow

escolta: escort

no atrevió: didn't dare

ella se puso roja como un tomate: she turned red like a tomato

traje de luces: bullfighter costume

lentejuelas: sequins

ceñidos: tight

salientes: protruding

a pesar del aspecto: despite the appearance

ahogar: stifle, hold back

vidrio ornamentado: ornate glass, decorated glass

daba a: looked out on, overlooked

hojeando: leafing through

tomar ventaja de: take advantage of

maduras: mature, ripened, older

sagaces: wise, sagacious, astute

bandeja: tray

jarra: pitcher

rebanadas: slices

chilló: screamed, squealed, shrieked

saboreó: savored, tasted

espuma: foam

me hacían cosquillas: tickled me

esbelta: slender, slim, lean

tez de olivo: olive complexion

¡Qué choque!: what a shock, what a surprise

escupió: spit out

retrato: portrait, painting, picture

a la vez: both, at the same time, all at once

sacudió: shook

cuaderno: notebook

jadeó de admiración: gasped with admiration

bosquejado: sketched

de arriba a abajo: from top to bottom

borracha: drunk, wasted

cayó en cascada: cascaded

rizos: curls, locks

sombra azul para ojos: blue eye shadow

pulpo: octopus, squid

tobillo: ankle

mucho más allá: far beyond

ir de compras: go shopping

toques finales: finishing touches

sopló un beso: blew a kiss

timbre: bell, doorbell

se puso de pie: stood up, got up

te he echado tanto de menos: I missed you so
much

comprometidos: engaged, committed

gamuza: suede, chamois

botines: booties, ankle boots

aretes: earrings

se echó a reír: burst out laughing

balbuceó: stammered, sputtered

mareada: dizzy, light-headed, woozy

desmayarse: faint, pass out, collapse

aún más fuerte: even stronger

un traje de diseñador: a designer suit

corbata de seda: silk tie

anteojos: eyeglasses

un chaleco a cuadros: a checkered vest

apretados: tight

una barba de chivo: a goatee

fieltra: felt

no se trata solamente de mí: it's not just about me

espantoso: aweful, dreadful, terrible

brujería: witchcraft, sorcery

hechizos: spells

ira: anger

agarrando: grabbing, clenching

almohada: pillow

se han vuelvan locos de remate: have gone mad, have gone crazy

callados: silent

se echaron a reír a carcajadas: laughed out loud, guffawed

agotados: exhausted

rodando por: rolling down

¿Qué tal un brindis?: How about a toast?

la sala de estar: the living room

susurró: whispered

guiñó el ojo: winked

Naturalmente. ¡Hecho!: Of course. Done!

Pablo Picasso

Genio de la pintura

A algunas personas, el arte de Pablo Picasso parece incomprensible y primitivo – como los **garabatos** de un niño. Otros le consideran un genio, uno de los gran maestros del arte moderna. ¿Qué piensa usted?

Pablo Diego José Francisco de Paula Juan Nepomuceno Crispín Crispiniano María Remedios de la Santísima Trinidad Ruiz Picasso (¡sí, es su verdadero nombre entero!) nació en Málaga, España en 1881. Era un hombre de múltiples talentos: pintor, escultor, ceramista, y diseñador de escenografías teatrales. Durante su carrera de 78 años, había creado miles de pinturas, ilustraciones, impresiones de arte, y **grabados**. Claro que era dedicado a su arte, era muy trabajador, y era **sumamente** innovador. **Hoy en día**, sus obras son muy valoradas por todo el mundo. Por ejemplo, su cuadro, "Las mujeres de

Argel" fue vendida en **subasta** por $179 millones de dólares, el precio más alto por una pintura.

Desde niño, Picasso demostraba un talento para la pintura. Sus padres le enviaron a Barcelona para estudiar arte clásico y él tuvo su primera exhibición pública cuando tenía 14 años. Pero se aburrió del arte tradicional. Quería crear algo nuevo y diferente. Por eso, como joven, salió de España y se fue a Paris donde **se involucró** con el movimiento artístico de vanguardia.

Durante su carrera, Picasso cultivaba muchos estilos distintos.

El período azul (1901–1904)

Durante este período, Picasso pintaba figuras tristes y pobres en color azul y al estilo realismo estilizado. Una de las pinturas más famosas del período azul es "Guitarista Viejo".

El período rosado (1904–1906)

En contraste con el período azul, este período estaba caracterizado por el uso de colores más alegres y románticos, como los colores rosa y naranja. Los sujetos favoritos de Picasso eran los artistas del circo como los **arlequines** y los **payasos**. Uno de los cuadros más famosos del período rosado es "Familia de acróbatas con mono".

Cubismo (1907–1921)

Este período duraba por muchos años y representaba un tiempo muy importante en la evolución de Picasso. Él y sus colegas **rechazaron** el arte naturalista. Con su buen amigo, Georges Braque, Picasso **desarrolló** un nuevo estilo: el cubismo.

Los artistas cubistas deconstruyen los elementos de la composición en varias partes geométricas: rectángulos, triángulos, y cubos. Típicamente, Picasso y sus colegas usaban formas fracturadas y varias perspectivas para representar el sujeto. No es realismo. Mejor dicho, es una manera de interpretar la realidad, una descomposición de formas.

Para Picasso, el arte de las culturas indígenas era una inspiración fuerte durante este período. Esto es muy evidente en la pintura "Las señoritas de Avignon". Claro que no es difícil determinar que las cinco figuras son femeninas – mujeres desnudas – pero los rostros son muy diferentes y parecen máscaras africanas e ibéricas.

El neoclasicismo y el surrealismo

Dos otros períodos de Picasso era el neoclásico y el surrealismo, que ocurren al mismo tiempo que el período cubista y un poco después.

El cuadro "La mujer en blanco", pintado en 1922, es una excelente ejemplo neoclásico. El sujeto – una mujer sentada – tiene una expresión tranquila y evoca las estatuas clásicas de los griegos y romanos ancianos.

Alrededor de 1924, Picasso se interesó en el movimiento surrealista (liderado por otro artista español Salvador Dalí y el pintor francés René Magritte). Las obras surrealistas parecen de otro mundo, como sueños. Aunque Picasso no es exactamente surrealista, algunas de sus pinturas exhiben las calidades de ese estilo, especialmente "Guernica". Esta obra transmite un poderoso mensaje político – es una protesta contra la guerra y muestra el sufrimiento y la destrucción que causa.

Picasso el hombre

La vida personal de Picasso no seguía un camino típico – era un **mujeriego**. Tenía mujeres, mujeres, y más mujeres: dos esposas, seis amantes, y muchísimas queridas casuales – y él estaba obsesionado con pintar estas musas. Como Picasso era muy corto (cinco pies y cuatro **pulgadas**), demandaba que sus mujeres fueran aún más cortas que él y que fueran **sumisas**. Las dos más famosas eran Dora Maars, una poeta, pintora, y fotógrafa surrealista, y Françoise Gilot, una pintora y autora francesa. Françoise Gilot era la única mujer que **atrevió** a dejarlo a Picasso. Ella escribió un libro famoso, *Mi vida con Picasso*, un retrato de los años que pasaba con el famoso artista.

Famosas frases de Picasso

"Críticos, matemáticos, científicos, y **entrometidos** quieren clasificarlo todo, marcando fronteras y límites… En el arte, hay espacio para todas las posibilidades."

"Cuando yo era niño, mi madre me decía: 'Si llegas a ser soldado, serás general. Si cuando seas mayor eres monje, llegarás a ser **Papa**.' Pero en lugar de todo eso, fui pintor y terminé siendo *Picasso*."

"Para florecer, una obra de arte debe ignorar o, más bien, olvidar todas las reglas."

"… todo lo que tienes es tu ser. Tu ser es un sol con mil rayos."

"No hay nada más difícil que una línea."

"El paraíso es amar muchas cosas con pasión."

"La música y el arte son las luces que guían el mundo."

"Cuando era niño dibujaba como Miguel Ángel. Me llevó años aprender a dibujar como un niño."

"Un pedazo de polvo espacial cae en tu cabeza cada día… Con cada respiración, inhalamos un poco de la historia de nuestro universo, el pasado y el futuro de nuestra planeta, los olores, y las historias del mundo que **nos rodea**, incluso las semillas de vida."

"El propósito del arte es lavar el polvo de la **vida cotidiana** de nuestras almas."

Vocabulario Suplementario

garabatos: doodles, scribbles

grabados: engravings

sumamente: highly

hoy en día: nowadays

subasta: auction

se involucró: involved himself

arlequines: harlequins

payasos: clowns

rechazaron: rejected

desarrolló: developed

mujeriego: womanizer

pulgadas: inches

sumisas: submissive

atrevió: dared

entrometidos: meddlers, busybodies

Papa: the Pope (not to be confused with "papa", which means potato, or "papá", which means "father" or "dad")

nos rodea: all around us

vida cotidiana: daily life

Pedro Perezoso

Pedro miró a su móvil y notó que Enrique, su **compañero** de oficina, le había mandado un texto.

*"Oye, **tío**, todos vamos al **Buho Blanco** para tomar una cerveza y después a **tapear**. ¡Ven con nosotros! Te esperamos."*

Pedro no hesitó ni un nanosegundo y respondió, *"Estoy ocupado esta noche."*

Enrique **contestó** con otro texto: *"¡**Qué lástima**! Siempre la misma vieja historia. Siempre ocupado."*

Pedro le respondió: *"¡Te dije, tengo muchas cosas que hacer!"*

Enrique le mandó otro texto: *"¡Me dejas **agotado**, amigo! Ciao. ☹"*

Pedro **apagó** su móvil y seguía andando **a prisa** hacia su edificio de apartamentos. ¡Tenía un montón de cosas que hacer!

A Pedro Corrales, no le gustaba perder tiempo de ninguna manera. El jóven era **muy trabajador** – un verdadero tipo A personalidad. Cada día escribía una extensa lista de **tareas**, y cada día **las realizaba**. Nunca se daba permiso a **tomarse un respiro** ni por un momento con la excepción de dormir. **Por lo tanto**, se aseguraba de dormir al menos ocho horas cada noche. Descansar lo suficiente le ayudó a ser más productivo.

En su empleo como **programador informático** de aplicaciónes móviles, tenía más habilidad y creatividad que cualquier de sus colegas. Y siempre trabajaba más duro que sus compañeros.

Su disciplina extendía a otros aspectos de su vida. Por ejemplo, se levantaba a las cinco de la mañana para hacer ejercicio en el gimnasio al menos por una hora. Y cuando regresó a casa después de trabajar, se puso a estudiar lo que le interesaba y lo que le ayudaría a avanzar. Él estudiaba el inglés, y poco a poco llegaba a tener fluidez. También, a él le gustaba **tocar el piano**. Cada sábado a las nueve por la mañana en punto, tomaba instrucción privada de un profesor de música muy estimado. Y cada día, Pedro practicaba el piano por al menos dos horas.

Así pasaba sus días y sus noches. Siempre disciplinado. Siempre productivo. Siempre haciendo cosas. Como era casi siempre ocupado, no tenía mucho tiempo para salir con amigos o con una novia. Pero, para Pedro, esto no era muy importante. ¡Tenía tantas cosas que hacer!

Un miércoles particular, cuando estaba en el trabajo, Pedro tomó una pausa corta para comer el almuerzo en la cafetería de su compañía. Para no gastar tiempo, solamente se permitía veinte minutos para comer. ¡Tenía muchas cosas que hacer!

Llegó a la cafetería temprano – antes que los otros empleados. Él era el único en la cafetería, con la excepción de la **cajera** y los **obreros**. Escogió una comida sana del menú: ensalada con pollo asado. De repente, llevando su **bandeja** a la cajera, **se resbaló** y se cayó al suelo. Entonces, **se desmayó**. Todo se volvió oscuro. Perdió la conciencia.

La próxima mañana, Pedro abrió los ojos. Todo era blanco. No pudo recordar nada. Una ángel con ojos cariñosos y una sonrisa dulce le miraba. Él **parpadeó** sus ojos unas veces. De repente, **él se dio cuenta** de que estuvo en una cama de hospital. También, se dio cuenta de que la mujer que estaba junto a su cama era, de hecho, una doctora, y no una ángel.

"Me llamo Angélica Morales. ¿Cómo se llama?" dijo la doctora.

"Pues, me llamo Pedro Corrales."

"Bueno. ¿Y cuando nació usted?"

"El veinte de mayo, 1990," respondió Pedro, un poco agitado y desorientado. "¿Por qué estoy aquí en el hospital? ¿Que está pasando?"

La doctora trató de calmarlo. "Usted sufrió un accidente cuando estuvo en el trabajo. Fracturó la **muñeca** derecha y también la **rodilla** izquierda. Le aseguro que no es serio. Si todo va bien, podrá resumir su trabajo y andar sin **muletas** en dos o tres meses."

Pedro trató de elevar su brazo derecho y sintió el peso del **yeso**. También sintió el yeso en su **pierna** izquierda.

"¡Ay, Dios mío! Ahora me acuerdo de **resbalar** y de caer al suelo en la cafetería. Ya no puedo hacer nada. Soy un hombre inútil, sin futuro," él gritó. "No puedo usar la computadora para hacer mi trabajo. No puedo tocar el piano. No puedo ni caminar ni correr. ¡Soy inútil! ¡Y tengo muchas cosas que hacer!"

"Esto también pasará. Usted será como antes **en un abrir y cerrar de ojos**," dijo la doctora en voz tranquila y suave. "No se preocupe."

Pero Pedro no creyó a la doctora. Cerró los ojos porque no quería aceptar la realidad de su situación.

****

Después de una semana, Pedro fué liberado del hospital. Sus compañeros de trabajo le trajeron a su apartamento, lo cual estaba situado en el tercer piso. **Se aseguraron** que él tenía todo lo que él necesitara: libros, revistas, suficiente comida por una semana, y sus pijamas.

"Vale, tío, te llamaremos cada día. Y vamos a visitarte. **¡No pasa nada!** ¡No seas solo!" declaró Enrique.

Después de que sus compañeros se fueron, Pedro empezó a llorar. En los cinco años que vivía en este apartamento, nunca tenía visitas – hasta hoy.

"¡Tengo amigos!" declaró Pedro en voz alta. "No soy solo. ¡Tengo buenos amigos!"

****

Sus amigos visitaron a Pedro casi cada día, trayéndole comida para llevar, como pizza, comida china, y sushi. Pasaron buen tiempo contando chistes o mirando películas o juegos de fútbol en la televisora. Pedro pasó muy bien y no podía recordar cuando él se había reído tanto.

Después de cuatro días, Pedro se sintió un poco claustrofóbico y **tenía ganas** de salir. Lentamente y con mucho cuidado, él usó sus muletas para andar al ascensor y bajó al vestíbulo de su edificio de apartamentos. Allá, encontró a su vecina Mimi, la **viuda** que vivía en el segundo piso. Era una mujer muy elegante con una cara amable.

Cuando Mimi vio a Pedro, ella exclamó, "Ya entiendo por qué no te he visto marchando al trabajo por más que una semana. ¿Que te pasó?"

"Tuve un accidente. Me caí y fracturé la muñeca y la rodilla. La doctora me dijo que voy a recuperarme pronto."

"¡Pobrecito! ¿Y a dónde vas ahorita?"

"Oh, solamente a sentarme en el Café Máximo **por un rato**. Necesito un poco de aire fresco," respondió Pedro.

"¡Claro que si! Como estás incapacitado, yo te voy a ayudar. Quiero **hacer compras** para tí y prepararte una cena rica. Y no quiero oír ninguna protesta. Soy tu **vecina** y te voy a cuidar," dijo la mujer definitivamente.

Él se sintió tan **agradecido** que casi se puso a llorar otra vez. *Ufff, que gran **llorón** soy yo,* él pensó.

Pero, de hecho, Pedro no lloró. En cambio, él **se contuvo** sus **lágrimas** y le agradeció a Mimi por su generosidad.

Después de **despedirse de** su vecina, Pedro fué al Café Máximo. Se sentó y pidió un café con leche, su bebida favorita. También pidió un **bocadillo** de jamón. Pasó un rato comiendo y mirando a la gente.

De repente, él oyó una voz. Era la voz de un niño, un niño **pelirojo** y muy animado que hablaba inglés.

El niño dijo: *"Hey mister! What happened to you? Did you have an accident? My name is Benji. That's short for Benjamin, and I'm six. We just moved here from New York. My mom is an executive at a big bank here. Do you like your coffee? My dad says the coffee tastes much better here than in the United States."*

["¡Hola, señor! ¿Que le pasó? ¿Sufrió usted un accidente? Me llamo Benji. Eso es corto para Benjamín, y tengo seis años. Acabamos de mudarnos aquí de Nueva York. Mi madre es una ejecutiva en un gran banco aquí. ¿Le gusta el café? Mi papá dice que el café es mucho mejor aquí que en los Estados Unidos."]

"Well, nice to meet you, Benjamin. As you can see, I had an accident. And yes, I am enjoying my coffee very much. Where are your parents?"

["Pues, placer de conocerte, Benjamín. Como puedes ver, yo tuve un accidente. Y sí, me gusta mi café muchísimo. ¿Donde están tus padres?"]

"Oh, they're sitting right over there, behind you."

["Oh, ellos están sentados directamente ahí, detrás de usted."]

Pedro giró la cabeza y saludó a los padres de Benji. La pareja se sonrieron. Parecían muy amables estos Americanos.

"What's your name? How come you speak English so well?"

["¿Cómo se llama usted? ¿Cómo es que usted habla inglés tan bien?"] preguntó el niño.

Pedro le dijo: *"I'm Pedro. I have been studying English for three years, but I don't have the chance to practice much."*

["Me llamo Pedro. He estado estudiando inglés por tres años, pero no tengo la oportunidad de practicar mucho."]

El niño contestó: *"Well then, you can practice with me! My parents come to this café every morning before going to work. I'll go ask them!"*

["¡Vale, usted puede practicar conmigo! Mis padres vienen a este café cada mañana antes de marchar al trabajo. ¡Voy a preguntarles!"]

Benji corrió a sus padres y les preguntó si pudiera conversar en inglés cada mañana con Pedro. Sus padres le dijeron a su niño que sería una muy, muy buena idea.

Y así fue como Pedro tenía un amigo con quien él podría practicar inglés cada día. Muy pronto, los padres de Benji también solían participar en las conversaciones. Le hicieron sentir a Pedro como un miembro de la familia.

****

Dentro de una semana, Pedro se sintió mucho mejor. Podía andar con más confianza y su dolor se había disminuido. Pasaba más tiempo sentado al Café Máximo. A veces leía **novelas policiácas** para divertirse. A veces charlaba con la gente que frecuentaba el café – estudiantes, artistas, escritores, músicos – todo tipo de personas interesantes. A veces, Pedro pensó: *Pues, **me he hecho** muy sociable. Y eso me gusta mucho. ¡Me he convertido en Pedro Perezoso! ¡Tengo muchas cosas que hacer y no me importa! ¡Jajaja!* Pedro **se echó a reírse** en voz alta.

****

Un día, cuando Pedro estuvo sentado en su sitio usual en el Café Máximo, él vio a su viejo amigo, Javier, acercándose al café. Javier, un **abogado exitoso**, estaba vestido con un **traje de negocios** y llevó un **maletín** muy costoso de verdadero cuero.

Javier se paró y estuvo a punto de **sacudir la mano** de Pedro cuando notó el yeso sobre su muñeca derecha.

"**¡Buenas!** ¡Muchacho, mucho tiempo sin verte! ¿Qué te ha pasado?" preguntó Javier.

"Vale, tuve un accidente. **Me resbalé** y me caí en el suelo de la cafetería de la compañía donde trabajo," contestó Pedro.

"Ah, muy interesante. ¿Notaste un **cartel de advertencia de suelo mojado**? Típicamente, estos carteles son amarillos, y sería difícil no verlos," dijo Javier.

"Bueno, todo occurió muy rápido, pero no me acuerdo de ver un cartel."

Javier cuidadosamente dio un **toque** al Pedro en el hombro. "Ay, hombre, lo voy a investigar.

Aparece un caso de negligencia grave de parte de tu compañía."

"¿Crees que **vale la pena**?" le preguntó Pedro sin estar totalmente convencido.

"Confía en mí. **He conquistado** a muchos **enemigos**. ¡Por eso, mis clientes me llaman '**El Cid**'!" Y, con un gesto grandioso, se fué.

Pedro **se encogió de hombros**. Es cierto que Javier tenía una muy buena reputación como abogado, pero Pedro decidió que no iba a pensar más de tales cosas y seguía leyendo su novela policiáca y bebiendo un **vino tinto.**

El próximo día, sentado en el café, Pedro vio a una mujer delgada cruzando la calle. Ella llevaba un vestido rojo. *¡Qué maja!* él pensó. Ella parecía muy familiar, pero Pedro no podía recordar dónde podría haberla conocido. Ella se dirigió hacia el Café Máximo. Se detuvo en frente de la mesa de Pedro y sonrió, mirándole en sus ojos.

Por unos momentos, Pedro estudió la cara de la mujer. A Pedro, ella parecía como un ángel, con ojos cariñosos y una sonrisa dulce. ¡**Santo cielo**! Era su doctora – Angélica Morales.

"Dra. Morales, buenas tardes. Es placer verle aquí en mi café favorito," él la saludó.

"Hola, Pedro. **Me alegro** de verle también. **Se ve muy bien**. Tengo algunas buenas noticias para usted. La próxima semana, usted puede quitarse de los yesos que están sobre su pierna y su muñeca. Entonces usted comenzará la terapia física," dijo la doctora.

"¿De veras? ¡Sí, son buenas noticias!" contestó Pedro. Él la contempló otra vez. Decidió hacer algo **atrevido** y romántico. "¿Le gustaría compartir una botella de vino conmigo, Dra. Morales?"

"Por favor, me puedes **tutear**, Pedro. Ya nos conocemos. Y sí, a mí me gustaría mucho compartir una botella de vino con*tigo*," dijo Angélica un poco coquetamente.

"¡Pues, bueno!"

Pedro **señaló** al camarero. "¡Tráiganos una botella de su mejor **rioja,** por favor!"

Cuando la botella llegó, Pedro le dijo a Angélica, "¡Tenemos que hacer un brindis!" Él sirvió el vino en dos vasos – le dio uno a Angélica y levantó su propia copa. "¡Salud, amor, y dinero, y tiempo para disfrutarlo!"

Angélica sonrió y tomó un poco de vino. De repente, notó con curiosidad el libro que Pedro tenía sobre la mesa: *Asesinato en el Orient Express* por Agatha Christie. Ella dijo, "¡Ah, a tí te gustan las novelas policiácas! A mí también me encantan. Nunca puedo averiguar quién cometió el crimen. ¿Y tú?"

"¡Pues, tampoco! Mira, ¿quieres leer este libro? Acabo de terminar leerlo. Tómelo. Es tuyo," respondió Pedro.

"Ah, mil gracias. Lo aprecio muchísimo. La lectura es un gran antídoto para el **estrés**," le dijo la doctora.

Y así **pasaron bien** la tarde esta pareja, charlando y tomando mucho vino.

****

Todo iba bien con Pedro y Angélica. Cada día tomaban un café o una copa. A Pedro **le caía bien** Angélica, y a Angélica, le caía bien Pedro. Su amistad estaba **floreciendo** en un romance.

Además de esta muy agradable sorpresa, Pedro tendría otra sorpresa.

Una mañana **soleada**, sentado **a solas** en su mesa favorita del café al **aire libre**, Pedro vio a su amigo Javier, el abogado.

"¡Hola, Pedro! Tengo algunas noticias para tí," le dijo Javier en voz grave.

"Pues, ¿qué clase de noticias? ¡Malas noticias, sospecho, porque tú pareces muy serio!"

"Eh, tío, **estoy bromeando contigo**. ¡Bueno, levántate y haz un baile feliz!" dijo Javier, esta vez sonriendo. "Vale, estoy bromeando. Obviamente no puedes bailar con ese yeso en la pierna. Oye, Pedro, en serio. Tengo un asunto muy importante a discutir contigo. ¿Estás listo? Escúchame cuidadosamente. Estimado amigo – tú, Pedro Corrales, eres el **destinatario** de un cheque, un cheque **grandote**. Tu compañía era completamente negligente y culpable. Negocié un acuerdo muy favorable. No te preocupes, ya deduje mis **honorarios**. Y aquí está tu cheque, amigo." Y, con esto, Javier le presentó a Pedro un **sobre** blanco.

Pedro abrió el sobre y sacó el cheque. Cuando miró al cheque, **sus ojos se ponieron grandes, grandes como platos**. No pudo creer lo que vio. Estaba completamente **asombrado**. "¡Es un milagro!" Pedro gritó con alegría.

"Sí, tío, tus ojos **no te engañan**," reaccionó Javier. "Bueno, pues, ya que eres rico y no tienes que trabajar, ¿cómo vas a pasar el tiempo?"

"¡Oh, no voy a hacer nada! ¡Nada, nada, nada!"

"¿Nada? ¿No vas a hacer nada?"

"Exactamente. Nada. Nada en absoluto. ¡Nada, nada, nada! ¿Sabes por qué? ¡Porque **de allí en adelante**, verdaderamente YO SOY PEDRO

PEREZOSO!" él dijo con **orgullo**. "Y, **a propósito**, ¿te gustan las novelas de misterio? Estoy leyendo *La sombra de viento*, por Carlos Ruiz Zafón. ¡Que libro estupendo! Creo que voy a leer todos los libros por este autor. Y ¿sabes qué?, Javier, tal vez yo podré escribir una novela detectiva. Hmmm. En realidad, antes de hacer esto, necesito algo de experiencia como detective privado. Quizás debería inscribirme en un programa y conseguir una licencia de detective privado. Pero, primero, tengo que hacer la terapía física como tengo ganas de regresar al gimnasio. Y quisiera volver a tocar el piano. Y siempre he querido aprender a pintar. Además, tengo que practicar el inglés con Benjamín. También, me encantaría aprender el francés y el alemán. Siempre **he soñado con** ser **políglota**. Y Angélica y yo queremos hacer un viaje juntos a Sudamérica. Por eso, tenemos que aprender a bailar salsa, merengue, cha-cha-cha, y tango. Y cuando estamos en el Perú, tenemos que andar el Camino Inca a Machu Picchu. He oído decir que es una aventura magnífica. Tendré que entrenar para ese trek difícil. Y ahora que tengo algo de dinero, creo que sería maravilloso establecer un programa para ayudar a los **huérfanos**.

"¡Tengo muchas cosas que hacer!"

Vocabulario

Pedro Perezoso: Lazy Peter

compañero: companion

tío: uncle, buddy or dude (slang)

Buho Blanco: White Owl

tapear: to go out for tapas (Spain)

contestó: replied, answered

¡Qué lástima!: What a shame! That's too bad!

agotado: exhausted, drained

apagó: turned off, shut down

a prisa: quickly, in a hurry

muy trabajador: hard-working

tareas: tasks, chores, homework

las realizaba: carried them out, performed them

tomarse un respiro: to take a breath, take a
    breather/break

por lo tanto: therefore, thus, for the most part

programador informático: software/computer programmer

tocar el piano: to play the piano

cajera: cashier

obreros: workers

bandeja: tray

se resbaló: he slipped

se desmayó: he fainted

parpadeó: he blinked

él se dio cuenta: he realized, noticed

muñeca: wrist

rodilla: knee

muletas: crutches

yeso: cast (on a body part)

pierna: leg

resbalar: to slip

en un abrir y cerrar de ojos: in a blink of an eye (literally: in an opening and closing of eyes)

se aseguraron: they made sure

¡No pasa nada!: It's all good! Don't worry about anything! It's fine!

tenía ganas: wanted to, was looking forward to, felt like

viuda: widow

por un rato: for a while/bit

hacer compras: to go shopping

vecina: neighbor

agradecido: grateful

llorón: crybaby

se contuvo: he contained, held back

lágrimas: tears

despedirse de: to say goodbye to

bocadillo: sandwich

pelirojo: red-headed

novelas policiácas: detective novels

me he hecho: I have become

se echó a reírse: laughed (literally: threw himself to laugh)

abogado exitoso: successful lawyer

traje de negocios: business suit

maletín: briefcase

sacudir la mano: to shake hands

¡Buenas!: Good afternoon/day! Hello!

me resbalé: I slipped

cartel de advertencia de suelo mojado: wet floor sign

toque: touch

vale la pena: it's worth the trouble/effort

he conquistado: I have conquered

enemigos: enemies

El Cid: Medieval (11th century) Spanish knight who drove out the Moors and thus contributed to the unification of Spain

se encogió de hombros: shrugged his shoulders

vino tinto: red wine

¡Qué maja!: How nice! What a sweet woman!

Santo cielo: Good heavens!

me alegro: I am glad

se ve muy bien: it's looking pretty good

atrevido: bold, daring

tutear: to address someone with the informal "tú" form of verbs

señaló: he signaled

rioja: A fine, berry-scented red wine from Northern Spain

estrés: stress

pasaron bien: they had a good time

le caía bien: he liked her

floreciendo: blossoming, flourishing

soleada: sunny

a solas: alone

aire libre: outdoors, outside

estoy bromeando contigo: I'm joking with you. I'm pulling your leg. I'm messing with you.

destinatario: payee

grandote: huge, really big

honorarios: commission fees

sobre: envelope

sus ojos se ponieron grandes como platos: his eyes were big as saucers

asombrado: awe-struck, surprised

no te engañan: don't deceive you

de allí en adelante: from now on

orgullo: pride

a propósito: by the way

he soñado con: I have dreamed of

políglota: polyglot, (one who speaks multiple
languages)

huérfanos: orphans

Suplemento

Refranes Españoles

"Como siempre decían... "

Los refranes o proverbios son expresiones populares y muy viejas que declaran avisos o sugerencias prácticas para navegar la vida. Estos dichos usan metáforas y a veces son muy divertidos. Todas las culturas comparten verdades similares con varias maneras de expresarlas.

- "Andar de prisa con la leche en la bolsa no se hace mejor queso."
  - *Traducción literal:* "Walking fast with milk in the sack does not make better cheese."
  - *Refrán equivalente en inglés:* "Haste makes waste."

- "A quien madruga, Dios le ayuda."
  - *Traducción literal:* "God assists he/she who rises at dawn."

- o *Refrán equivalente en inglés:* "The early bird catches the worm."

- "No por mucho madrugar, amanece más temprano."
  - o *Traducción literal:* "Just because you get up at dawn all the time doesn't mean that the sunrise will occur earlier."
  - o *Refrán equivalente en inglés*: "A watched pot never boils."

- "Aunque la mona se vista de seda, mona se queda."
  - o *Traducción literal:* "Even though the monkey is dressed in silk, she's still a monkey."
  - o *Refrán equivalente en inglés*: "You can't make a silk purse out of a sow's ear."

- "Cada oveja con su pareja."
  - o *Traducción literal:* "Each sheep with its mate."
  - o *Refrán equivalente en inglés*: "To each his/her own."

- "Él/ella que no corre, vuela."

- o *Traducción literal:* "He/she who doesn't run, flies."
- o *Refrán equivalente en inglés*: "You snooze, you lose."

- "Más vale pájaro en mano que cien volando."
  - o *Traducción literal:* "A bird in hand is worth more than a hundred flying.
  - o *Refrán equivalente en inglés*: A bird in the hand is worth two in the bush.

- "Perro que no camina, no encuentra hueso."
  - o *Traducción literal:* The dog that doesn't walk doesn't find a bone.
  - o *Refrán equivalente en inglés*: Nothing ventured, nothing gained.

- "No todo lo que brilla es oro."
  - o *Traducción literal:* Not all that shines is gold.
  - o *Refrán equivalente en inglés*: All that glitters is not gold.

- "Perro que ladra no muerde."
  - o *Traducción literal:* The dog that barks doesn't bite.

- o *Refrán equivalente en inglés*: His bark is worse than his bite.

- "En boca cerrada, no entran moscas."
  - o *Traducción literal:* Flies don't enter a closed mouth.
  - o *Refrán equivalente en inglés*: The less said, the better.

- "A beber y a tragar, que el mundo se va a acabar."
  - o *Traducción literal:* Here's to drinking and swallowing, for the world is going to end.
  - o *Refrán equivalente en inglés*: Eat, drink, and be merry, for tomorrow we shall die.

- "No hay que ahogarse en un vaso de agua."
  - o *Traducción literal:* It isn't necessary to drown oneself in a glass of water.
  - o *Refrán equivalente en inglés*: Don't make a mountain out of a molehill.

- "Donde hay humo, hay fuego."
  - o *Traducción literal:* Where there's smoke, there's fire.

- o *Refrán equivalente en inglés*: Where there's smoke, there's fire.

- "No vendas la piel del oso antes de cazarlo."
  - o *Traducción literal:* Don't sell the bear's hide before you hunt it.
  - o *Refrán equivalente en inglés*: Don't count your chickens before they hatch.

- "A falta de pan, buenas son las tortas."
  - o *Traducción literal:* When bread is lacking, cakes are good.
  - o *Refrán equivalente en inglés*: We will have to make do.

- "El mundo es un pañuelo."
  - o *Traducción literal:* The world is a handkerchief.
  - c *Refrán equivalente en inglés*: It's a small world.

- "Todos los caminos llevan a Roma."
  - c *Traducción literal:* All roads lead to Rome.
  - c *Refrán equivalente en inglés*: All roads lead to Rome.

- "El amor es como el agua que no se seca."
  - *Traducción literal:* Love is like water that doesn't dry out.
  - *Refrán equivalente en inglés*: True love lasts forever.

- "Cuando hay hambre, no hay mal pan (pan duro)."
  - *Traducción literal:* When there's hunger, there's no bad bread (stale bread).
  - *Refrán equivalente en inglés*: Beggars can't be choosers.

About the Author

María Caballera is the nom de plume for Mary Lauren Karlton, who is a published writer, marketing consultant, and co-president of a creative services agency. She currently resides on the West Coast, where she spends quality time with her husband, enjoys the beauty of nature, and pursues her many artistic endeavors.